NOVA GRAMÁTICA FINLANDESA

A marca FSC® é a garantia de que a madeira utilizada na fabricação do papel deste livro provém de florestas que foram gerenciadas de maneira ambientalmente correta, socialmente justa e economicamente viável, além de outras fontes de origem controlada.

DIEGO MARANI

Nova gramática finlandesa

Tradução
Eduardo Brandão

COMPANHIA DAS LETRAS

Obra publicada com incentivo à tradução do Ministério das Relações Exteriores da Itália.
Questo libro è stato pubblicato grazie ad un contributo per la traduzione da parte del Ministero degli Affari Esteri italiano.

Grafia atualizada segundo o Acordo Ortográfico da Língua Portuguesa de 1990, que entrou em vigor no Brasil em 2009.

Título original
Nuova grammatica finlandese

Capa
Tereza Bettinardi

Preparação
Márcia Copola

Revisão
Carmen T. S. Costa
Jane Pessoa

Dados Internacionais de Catalogação na Publicação (CIP)
(Câmara Brasileira do Livro, SP, Brasil)

Marani, Diego
Nova gramática finlandesa / Diego Marani ; tradução Eduardo Brandão. — 1ª ed. — São Paulo : Companhia das Letras, 2014.

Título original: Nuova grammatica finlandese.
ISBN 978-85-359-2405-3

1. Ficção italiana I. Título.

14-01258 CDD-853

Índice para catálogo sistemático:
1. Ficção : Literatura italiana 853

[2014]

EDITORA SCHWARCZ S.A.
Rua Bandeira Paulista, 702, cj. 32
04532-002 — São Paulo — SP
Telefone: (11) 3707-3500
Fax: (11) 3707-3501
www.companhiadasletras.com.br
www.blogdacompanhia.com.br

A Simona, Alessandro e Elisabetta

Ei Suomi ole mikään kieli, se on tapa istua penkin päässa karvat korvilla.

Paavo Haavikko

Sumário

Prólogo

Meu nome é Petri Friari, moro em Hamburgo, no número 16 da Kaiser-Wilhelmstrasse, e exerço a profissão de médico neurologista no hospital universitário.

Encontrei este manuscrito no dia 24 de janeiro de 1946 num baú do hospital militar de Helsinque, junto de uma japona de marinheiro, um lenço bordado com as iniciais S. K., três cartas, um volume do Kalevala *e uma garrafa vazia de* koskenkorva. *Está escrito num finlandês acidentado e rudimentar, muitas vezes ao arrepio da gramática, num caderno escolar onde as páginas de prosa se alternam com listas de verbos, exercícios de gramática finlandesa e recortes da lista telefônica de Helsinque. Algumas páginas são ilegíveis, outras trazem apenas sequências de palavras sem nenhuma lógica aparente, desenhos, nomes estrangeiros, títulos tirados do* Helsingin Sanomat. *A narrativa se desenvolve utilizando com frequência trechos copiados de jornais, repetidos todas as vezes que uma situação análoga torna a se apresentar e integrados a outros, dos mais variados registros linguísticos. Meu conhecimento dos fatos que inspiraram este memorial me permitiu reconstruir a história que ele conta, reescrevê-la numa língua correta e restaurar seu conteúdo. Muitas vezes, tive de intervir profundamente no texto, acrescentando trechos de meu próprio punho para associar acontecimentos que estavam dissociados. Adjetivos abandonados à margem e substantivos declinados com insistência nos casos mais complicados da língua finlandesa traçavam os contornos de uma história por mim bem conhecida. Assim, pude fazer estas páginas contarem o que se esforçam em vão para dizer. Com o bisturi da memória pratiquei incisões em palavras que eram feridas, fazendo supurar dores que eu acreditava saradas. Como fui testemunha de muitos dos fatos e dos diálogos aqui relatados, pude recompô-los com fidelidade. Neste trabalho foi precioso o auxílio da srta. Ilma Koivisto, enfermeira do corpo médico militar, que, como eu, conheceu o autor destas páginas.*

Não busque o leitor neste memorial a precisão dos acontecimentos históricos, nem o rigor da observação científica. Ele narra apenas uma incrível história humana. Se vinte e oito anos depois de ter fugido retornei a Helsinque, foi apenas para reencontrar o homem que, por causa de um cruel equívoco, empurrei involuntariamente para um destino que não era o seu. Mas dele só resta este caderno. Atormentado pelo remorso, pus-me a desenrolar o confuso emaranhado do manuscrito, para restituir a quem o escreveu ao menos a homenagem da recordação. E talvez para reconstruir através de outros olhos a minha própria história, a minha própria identidade. Foram necessários muitos anos para que eu me decidisse, hoje velho e sem ilusões, a tornar públicas estas páginas (acompanhadas das anotações que então lhes acrescentei), antes que desaparecessem comigo para sempre. Se é inegável que foi meu erro que levou à perdição o autor deste manuscrito, concedam-me aduzir como justificativa minha a excepcionalidade do período em que esses acontecimentos se produziram. As condições de extrema precariedade daqueles dias de guerra, em que eu vivia rodeado pelo sofrimento e pela morte, fizeram prevalecer em mim a desordem do sentimento sobre a lucidez do raciocínio, que, no entanto, tantas vezes foi para mim um porto seguro. Às vezes, sem percebermos, o destino nos faz instrumento dos seus desígnios, nos faz cúmplices da sua ferocidade. Como esse homem, também eu sou um exilado. Mas enquanto ele nutria por este país afeto e reconhecimento, eu tenho com a Finlândia contas a acertar. Em todos esses anos, procurei sufocar o ódio por quem matou meu pai. Resistindo aos chamados da vingança, me obstinei em manter viva a recordação da terra que apesar de tudo é sempre a minha pátria, conservei e cultivei minha língua, fazendo de cada palavra uma prece com que sonhava pedir o perdão para meu pai e, para mim, a possibilidade do regresso.

Não adiantou nada. O tempo instilou através das fissuras do meu ânimo duras estalactites de rancor. Agora, são essas excrescências que modelam meus sentimentos: já nascendo assumem sua forma monstruosa. Tudo em mim traz a marca daquele tumor e nenhuma redenção é mais possível. Porque ainda hoje meu país me repele, me afasta de si acusando-me de outra culpa: a de ter desviado a vida do autor destas páginas e ter provocado sua aniquilação.

Homens íntegros e dignos são testemunhas de que o que fiz, fiz de boa-fé. Se o dr. Friedrich Reiner houvesse encontrado o lenço com as iniciais S. K., um dia antes que fosse, a sorte de Massimiliano Brodar teria sido outra. E a minha também. Talvez eu tivesse regressado a Helsinque num belo dia de junho, quando o perfume do mar invade as ruas da cidade e faz de cada edifício branco um veleiro, pronto a perdoar para ser perdoado. Mas talvez um Deus inimigo já houvesse tudo predisposto assim, e Massimiliano Brodar não seja nada mais que um instrumento da minha danação.

1. Volta a Helsinque

O olhar do dr. Friari foi a primeira coisa viva que vi aflorar. Precedido por um fru-fru de algodão engomado, aparecia diante de mim num halo azulado e ficava me escrutando por longos instantes. Mas no magma fluido da minha visão perturbada eu não conseguia distinguir os contornos do seu rosto. Era como se tudo estivesse imerso num líquido denso, que tornava morosos os movimentos e abafava os ruídos. Seguiram-se dias imóveis, apenas agitados por vozes brandas, por sombras detrás de um vidro, por longos silêncios tingidos de amarelo. Eu tentava manter os olhos abertos o maior tempo possível, drenar seu embaçamento enquanto aguardava o olhar do doutor. Mas, depois de não mais que um pouco de esforço, volta e meia uma pontada de dor me levava a fechá-los. Eu a sentia crescer no fundo das têmporas, zumbir e inchar como um enxame de abelhas antes de se lançar sobre a raiz dos meus olhos. Às vezes um calor inesperado se apoderava de mim. Eu suava e sentia a cabeça pulsar sob as ataduras. Disso as enfermeiras deviam se dar conta, porque eu logo via aparecer junto de mim a bolha vítrea da perfusão e uma coisa fria era aplicada em meu braço. Lentamente as pontadas foram se espaçando, as coisas ao meu redor foram ficando enxutas. O halo azul se tornava uma vigia de navio, os longos silêncios tingidos de amarelo, as noites iluminadas pela luz de vigília aparafusada num nicho da parede do corredor.

Eu estava portanto num navio. Sentia seu balanço leve. Mas não conseguia perceber nenhuma sensação de movimento. Tinha consciência da minha enfermidade, mas via e sentia de um modo distante, como se apenas uma parte de mim estivesse viva e sensível e flutuasse numa coisa que me era estranha. Como lembrei muito tempo depois, naqueles dias de lento despertar, meu cérebro era indiferente à condição do corpo, como se não tivesse mais a vontade ou a força de se preocupar com ele. Ora, antes da visita do doutor, duas enfermeiras vinham me sentar perto da vigia, numa cadeira com braços. Eu tinha notado que as duas eram da Cruz Vermelha e, embora confusamente, lembrei que havia uma guerra. Imaginei também que eu devia ser um sobrevivente de alguma operação bélica. Mas não lembrava quem eu era, nem tinha a curiosidade de lembrar. Meu pensamento parecia brotar do nada e afundar de novo no solo poroso da minha consciência, que nada bloqueava. Voltando a pensar mais tarde naquela sensação, quase chorei a sua falta. Por pouquíssimos, maravilhosos dias, fui insensível à lembrança, livre da memória, isento da dor. Eu era apenas um amálgama de células, um organismo primitivo, como os que povoavam a Terra milhões de anos atrás. Da cadeira via o outro lado da cabine, meu catre, a cômoda. E, sobretudo, embora me custasse virar a cabeça, via o mar além da vigia. A passagem para a cadeira devia ter sido um grande progresso, porque agora o dr. Friari sorria quando vinha me visitar. Expunha-me à luz e escrutava o interior dos meus olhos abrindo-os com os dedos. Armava a mesinha de dobrar fixada na parede, estendia nela figuras de cartão colorido e me pedia que as associasse. Ficava sempre muito satisfeito com as minhas reações. Tomava notas no caderno.

No início, nossos encontros se desenrolavam em silêncio. Era uma dança de movimentos, ritmada por gestos de cortesia e afáveis acenos de cabeça. Após uns dias, o dr. Friari começou a falar comigo. Mas com palavras diferentes das que usava ao se dirigir às enfermeiras, de sons mais redondos e encorpados, que levavam certo tempo antes de se dissolverem. Eu ainda não tinha consciência da minha tragédia, não sabia que o traumatismo de que havia sido vítima fechara o mundo da linguagem para mim. Minha mente era um navio cujas amarras a tempestade havia arrebentado. Eu via o cais correr pouco distante de mim e acreditava que recuperando as forças conseguiria alcançá-lo de novo. Não sabia, porém, que o vento do desespero me levaria cada vez mais para o alto-mar. Não entendia as palavras do dr. Friari nem sentia surgir em mim o instinto ou o desejo de responder a elas. Mas isso não me preocupava. Distraidamente, eu atribuía isso ao ferimento que havia sofrido, ao cansaço infinito de que me recuperava com lentidão. Além disso, embora erradicada do meu conhecimento objetivo, flutuava na minha mente uma confusa noção de língua estrangeira, que no meu entendimento superficial tornava plausível a incompreensão das palavras do doutor.

Como soube mais tarde, desde aqueles primeiros dias, o doutor falava comigo em finlandês, sua língua, que acreditava fosse também a minha. Esperava que as palavras doces e acolhedoras da minha língua materna tivessem aliviado minha dor e contido meu desconsolo, me fazendo sentir entre gente amiga. Eu não procurava falar, simplesmente porque não sentia a necessidade de fazê-lo. Tinha se apagado em mim a inteligência linguística, todo interesse, toda curiosidade pela palavra. Eu não podia falar nenhuma língua, não sabia mais qual era a minha. Mas não tinha consciência disso. Um véu imperceptível, como numa hipnose, me protegia das cores violentas da realidade.

* * *

Certa manhã o dr. Friari abriu na mesa um mapa da Europa e com um sinal da mão me convidou a fazer uma coisa que eu não entendia. Achei que se tratava de um novo exercício e então me apliquei a observar as manchas verdes e marrons, os contornos recortados do mar azul, as rugas profundas dos rios. Sabia que aquilo era um mapa, as formas dos países me eram familiares, eu já as tinha visto sabe-se lá quantas vezes. Tinha uma cognição clara das coisas que via, mas meu entendimento parecia parar logo abaixo da epiderme da realidade. Eu reconhecia aquelas silhuetas como qualquer outro objeto em torno de mim, mas não sabia dar um nome a elas. Minha mente se recusava a fazer qualquer esforço nessa direção. Como notei mais tarde, parecia não dispor mais de instrumentos para fazê-lo. Meu corpo, minhas mãos haviam voltado a se movimentar. O movimento das articulações me dava de novo a sensação do corpo. Eu apertava todas as coisas que via, tocando-as recuperava o conhecimento delas. Mas minha mente não sabia mais conectar palavras e coisas. Cortada de mim mas viva em mim, eu a via se mover sem poder alcançá-la, como um peixe num aquário que a água e o vidro ampliam fazendo-o aparecer longe mesmo quando está perto. Não entendia portanto o que devia fazer com aquele mapa.

Para me encorajar, o doutor apontou o indicador para uma atarracada faixa verde toda sarapintada de azul. Eu fitava seus olhos, depois o mapa, franzindo o cenho, cada vez mais confuso. Por fim entendi. Claro, o doutor queria que eu indicasse de onde vinha. Tranquilizado, esbocei um sorriso e ergui o dedo inspecionando o mapa. Então o gelo correu pelas minhas veias. Foi como me debruçar à beira de um abismo. Reconhecia as formas escavadas no mapa pelas cicatrizes vermelhas das fronteiras, mas não sabia o que eram. As letras maiúsculas que atravessavam vales e montanhas não me diziam nada. França, Alemanha, Áustria, Hungria, Romênia vagavam pela minha mente como contornos desenhados que eu não sabia mais nomear. Meu pensamento chegava ao limiar daqueles conceitos, mas não encontrava a maçaneta para entrar. Era arrepiante descobrir que metade da minha mente me escapava. Era como se o sangue que irrigava meu cérebro tivesse ficado obstruído no fundo de uma longínqua artéria oclusa. Noções que me pareciam banais, quando eu procurava captá-las, se volatilizavam diante do meu olhar impotente. Até as letras que eu acreditava conhecer uma a uma, que tinha a sensação de poder escrever sem hesitação, haviam se tornado sinais sem som, hieróglifos mudos de uma civilização desaparecida.

Então, como um vômito, senti de repente a necessidade de falar. De novo tive aquela sensação de oclusão. Minha cabeça girava e detrás dos olhos eu sentia formigar como centelhas uma chuva de pontadas dolorosas. Abri a boca procurando emitir um som, mas tudo o que saiu não passou de um sopro. Me dei conta de que a minha língua, a minha boca, os meus dentes eram incapazes de articular. O ar passava da garganta ao palato e se dispersava num suspiro desolador. O horror daquela tremenda descoberta me pregou na cadeira que eu apertava fincando as unhas no verniz. Com os olhos arregalados fitava os do doutor procurando ajuda. O formigamento costumeiro, depois as pontadas de dor tomaram a minha cabeça. Eu me debatia num medo que nunca havia experimentado. Tinha a sensação de afundar, de perder o contato com o mundo sensível. A vista das coisas parecia de quando em quando debilitar-se, como se estivesse para se apagar a frágil luz que iluminava a única e escarpada passagem ainda aberta entre mim e a realidade. O doutor também procurava esconder seu desconsolo. Virava e tornava a virar o mapa insistindo com o dedo sobre a silhueta da Finlândia. Deixou escapar algumas palavras, uma exclamação que repetiu várias vezes. Para mim, apenas sons que eu percebia mas não compreendia. Em seu olhar notei por um instante o desconsolo de quem descobre estar face a face com a loucura. As enfermeiras o acudiram. Levaram-me de volta para a cama. De novo senti uma coisa fria no braço. O doutor ficou ao meu lado até eu dormir.

Abri os olhos talvez algumas horas depois, prostrado demais para me agitar e angustiado demais para dormir. A luz de vigília no corredor inundava com seu amarelo as paredes de chapa envernizada. O balanço do navio, a vigia negra, tudo me dava a sensação de afundar lentamente num redemoinho, num abismo escuro e frio, povoado de peixes monstruosos. Eu me sentia fraco, entorpecido, incapaz até de chorar. Era noite profunda, fora e dentro de mim. Rangendo os dentes, juntei o pouco de raiva que ainda tinha no corpo e xinguei sem palavras um Deus que não podia me ouvir.

Na manhã seguinte, o dr. Friari entrou na minha cabine com um sorriso. Parecia ter esquecido o desconsolo do dia anterior. Dirigiu-me um olhar confiante. Carregava debaixo do braço um volume envolto em papel de embrulho. Aquela foi a primeira vez que a vi. Era uma japona azul de marinheiro. O doutor abriu-a na cama e me mostrou uma tira de algodão branco costurada na parte interna da gola. Trazia algo escrito: duas palavras com a inicial maiúscula. Eu distinguia as letras, mas não conseguia lê-las. O dr. Friari me observava com olhos atentos que se esforçavam para ser tranquilizadores. Pôs-se a falar. Indicava com o dedo a etiqueta no avesso da japona. Insistia nas iniciais e com a voz elétrica de um robô pronunciava lentamente: "Sampo Karjalainen". Eu me esforçava para compreender. Intuí que estava repetindo para mim o que vinha escrito na tira de algodão. Em pé diante da vigia, agitava a peça de uniforme segurando-a pelos ombros. Pega como refém, a japona vazia parecia dotada de vida e lutava com o doutor que tinha ficado com o rosto vermelho de tanta agitação. As mangas se levantavam e tornavam a cair fazendo os botões se chocarem, como se membros invisíveis as habitassem. Num abraço desajeitado, Friari passou as mãos na parte da frente da japona, buscando os bolsos. Remexeu primeiro num, depois no outro, e tirou um lenço de nariz dobrado. Abriu-o na cama, deixando a japona cair no chão. Num canto, bordadas em azul-marinho entre as linhas azuis, duas letras ressaltavam: S. K. Reconheci os signos. Eram as iniciais maiúsculas do nome na etiqueta. Sentia que o doutor esperava uma reação de minha parte. Mas, como a japona caída no chão, também abri os braços desarmado. Meus olhos passavam das iniciais ao rosto que me interrogava, e aquelas letras turbilhonavam na minha mente, se fundiam num único signo indecifrável. Quem era Sampo Karjalainen? Era eu Sampo Karjalainen? Era minha aquela japona azul-marinho? Segurei as têmporas entre as mãos e inclinei a cabeça na direção do peito. Os sapatos do doutor se retraíram nas tábuas do assoalho, depois deslizaram rumo à porta. Quando tornei a erguer os olhos, pendurada no gancho da parede, a japona azul-marinho ainda balançava ligeiramente.

Registrei de maneira escrupulosa todas as suas fases de saída do coma. A pressão do sangue e a temperatura que lentamente subiam, suas primeiras manifestações de consciência, a gradativa recuperação dos movimentos, tudo foi relatado em seu prontuário clínico, além dos fármacos administrados. Embora eu me lembre da sucessão dos fatos, muito do que vai escrito nestas páginas permanece impenetrável para mim. Não raro, adjetivos e advérbios se sucedem numa árida sequência de palavras nuas, sem nenhuma sintaxe, coladas como figuras recortadas. A fim de reler, descobri uma fumosa luz, reconheci os vagos contornos das sensações que aquele homem experimentava e que eu observava de fora. Revi os olhos que me fitavam perdidos, mas jamais saberei descrever o abismo do qual emergiam.

Passou tanto tempo. Dias intermináveis. Entretanto, minha visão tinha se restabelecido. Quando me tiraram as ataduras, passei a tarde toda me olhando no espelho aparafusado na parede, acima da pia. Mesmo depois, me surpreendi com frequência me olhando, procurando me reconhecer. Com grande precaução, às vezes me aventurava a apalpar a ferida na nuca. Mas me davam medo as grossas pregas sem pelos que a polpa dos meus dedos descobriam entre os cabelos devastados. Eu as aflorava apavorado. Parecia tocar meu cérebro.

Com a ajuda do dr. Friari, tinha aprendido a assobiar. Foi o primeiro passo rumo à recuperação da palavra. Aquelas marchinhas militares eram irresistíveis: conseguiram transmitir seu ritmo até aos meus movimentos. Passava tardes inteiras repetindo os exercícios de articulação que o doutor me ensinava. Sem compreendê-las, comecei a repetir as primeiras palavras. À medida que descobria minha condição, eu me resignava a ela e procurava enfrentá-la com os instrumentos que tinha. O doutor me ajudava a explorar os relevos desconhecidos da minha consciência submersa. Descobri junto com ele que tinha uma ampla percepção da realidade. Através das vidraças da sua sala, onde toda manhã eu ia fazer meus exercícios de reabilitação, o doutor me indicava um objeto na paisagem do golfo e pedia que o desenhasse no seu caderno. Eu me dei conta, assim, de que sabia como era construído um edifício, como funcionava um farol, como era feito um navio. Embaixo de todo desenho o dr. Friari escrevia o nome do objeto e me ensinava a pronunciá-lo. Eu repetia aqueles sons, a princípio hesitando, depois com uma segurança cada vez maior. Tornavam-se palavras minhas, que eu sabia reproduzir e ler sozinho e que, com o tempo, aprendi a juntar. Mais tarde, quando fui capaz de responder às perguntas que me eram feitas, o doutor pôde reconstituir mais acuradamente o mapa dos meus conhecimentos técnicos, me pedindo de vez em quando que lhe desse informações, mesmo que apenas gestuais, sobre as imagens que me mostrava. Em outras palavras, descobri que era claro para mim o funcionamento de um automóvel, que sabia pôr para funcionar uma vitrola, que conhecia o uso de uma chave inglesa ou de uma chave de parafuso e que, embora desconectadas de todo raciocínio, eu dominava certas noções náuticas. Meu cérebro respondia a todos os estímulos, a corrente passava. Só o interruptor da linguagem estava isolado. Mas o cabo de emergência que o dr. Friari havia ligado conseguia alimentar minha consciência que despertava gradativamente. Já a memória permanecia sempre obscura, e inidentificável o ponto do curto-circuito que a tinha apagado. No fluxo dos acontecimentos a que o doutor me submetia com o auxílio de fotografias, mapas ou bandeiras tiradas dos seus livros, e que contavam a guerra em curso, eu não conseguia captar nenhum elemento em que pudesse arraigar minha identidade. Aí tudo se tornava confuso, escorria detrás de um vidro opaco.

Acompanhado de uma enfermeira, eu havia começado a me aventurar no convés para um breve passeio. Caminhava por todo o comprimento da embarcação, me apoiando na balaustrada. Chegando à popa, sentava ao sol, diante do mar azul que por tanto tempo só tinha avistado pela vigia. Soube mais tarde que estava a bordo do navio-hospital alemão *Tübingen*, fundeado ao largo do porto italiano de Trieste, esperando para desembarcar seu carregamento de feridos e transferi-los aos comboios ferroviários da Cruz Vermelha que rumavam para a Alemanha. Nas manhãs de sol, a cidade distante aparecia imersa num cintilar de ondas e de cúpulas verdes que eu gostava de ficar contemplando. Aquela vista límpida, aquela paisagem clara, me tranquilizava. No convés encontrava outros soldados. Tinham rostos ossudos, olhares ausentes. Todos estavam enfaixados ou apresentavam o corpo deformado por uma mutilação mais ou menos evidente. Alguns se arrastavam apoiados em muletas improvisadas de que ainda se serviam desajeitadamente. Outros, que pareciam íntegros de corpo, revelavam ao serem observados um olhar ofuscado que não tinha mais nada de humano. Reuniam-se em pequenos grupos, nos bancos mais protegidos. Jogavam cartas, conversavam, ou olhavam ao longe sem dizer uma palavra, fumando cigarros que duravam uma tragada. Eu preferia evitar a companhia deles. Não tinha nada para contar. Quando surpreendia alguma conversa, apurava o ouvido disfarçadamente, me esforçando para decifrar as palavras que os ouvia pronunciar. Isolava as mais claras, as mais frequentes, e me afastava para repeti-las em voz alta. Mas aqueles sons desconhecidos ribombavam vazios na boca e na cabeça sem deixar vestígio, como um eco que pouco a pouco se extingue. Sem saber, eu sentia inconscientemente que não eram os mesmos sons da língua que o dr. Friari falava. Mesmo quando conseguia reproduzi-los, evaporavam como bolhas sem que eu pudesse dominar a capacidade de repeti-los. Voltava a sentar sozinho, de frente para o mar. Mas nem aquele majestoso panorama aplacava a minha angústia. Meu olhar penetrava a distância na desesperada busca de uma referência, de uma lembrança, de uma imagem que pudesse ressuscitar milagrosamente minha parte morta.

Toda manhã, depois do passeio, eu ia ver o dr. Friari para minha consulta cotidiana. Petri Friari, neurologista do hospital universitário de Hamburgo, era cidadão alemão, mas de origem finlandesa. Como soube mais tarde, havia fugido da Finlândia muitos anos antes, quando era pouco mais que um rapazola. De início eu tinha dificuldade para compreender o que o doutor contava, apesar de ele ter me repetido várias vezes, valendo-se do tal mapa da Europa e de todos os gestos de que era capaz. Eu não tinha bem claro o motivo da sua fuga, mas intuía a tragédia que fora. À medida que minha compreensão melhorava, que as palavras na minha mente se multiplicavam, ia conseguindo juntar os pedaços da sua história.

Nos anos em que a revolução abalava a Rússia, a Finlândia também foi arrastada na tempestade. Nos centros industriais os operários se sublevaram, tomaram as armas e instauraram um governo comunista. O país se dividiu em dois e estourou uma guerra civil da qual, após uma dura luta, saíram vencedores os exércitos brancos do marechal Mannerheim. Uma vez restabelecida a ordem, desencadeou-se a repressão e não houve perdão para os que haviam simpatizado com a causa bolchevique. O pai do dr. Friari, professor universitário de convicções socialistas, foi detido e mandado para um campo de prisioneiros. Depois do terrível inverno de 1918, não se soube mais dele. Assim, Petri Friari, então jovem estudante de medicina, tinha abandonado a Finlândia com a mãe para se refugiar em Hamburgo, hóspede de parentes alemães distantes. Na cidade báltica, havia exercido mil ofícios para sobreviver e, à custa de enormes sacrifícios, conseguira terminar os estudos. Desde os vinte e três anos de idade, nunca mais tornara a ver seu país. Mas não esquecera sua língua. Nem sua gente.

Nos arredores do porto de Hamburgo, onde os guindastes rareiam e a cidade se dissolve num campo cinzento, junto da estrada de ferro, enegrecido pela fumaça, ergue-se o edifício gótico da igreja do marinheiro finlandês. Lá o doutor encontrava seus patrícios embarcados nos navios mercantes, obtinha informações, recebia cartas e jornais. Todo domingo acompanhava a mãe à missa e reservava algumas horas da tarde às obras assistenciais da pequena comunidade finlandesa de Hamburgo, cujos membros o doutor tratava sem pedir nenhuma retribuição. Em compensação, recebia calor, afeto e algumas garrafas de licor. Mas sobretudo, coisa bem mais valiosa, a possibilidade de falar sua língua. Por isso o dr. Friari havia se dedicado tanto ao meu caso. Porque o nome bordado na etiqueta da minha japona era um nome finlandês, e talvez ele visse espelhada na minha desventura a sua. Eu também tinha sido escorraçado do meu país, e a língua que o doutor presumia sepultada sob as cicatrizes do meu cérebro era também a sua. Com o mesmo espírito com que assistia os marinheiros da igreja de Hamburgo, o doutor tratou de mim e dos meus ferimentos. Durante as consultas, me contava seu passado como uma triste fábula cujo fim ele próprio ainda não conhecia, mas que lhe agradava evocar diante de mim, como que para esconjurar outras desgraças. Recebendo-me em seu consultório esfregava as mãos, como se estivesse saboreando antecipadamente um agradável passatempo. Sentava e abria seu caderno verde, que consultava sem cessar enquanto contava alguma coisa ou me interrogava.

Coladas no caderno ou reproduzidas em algum livro, sempre me mostrava figuras novas que depois nomeava, pedindo-me que repetisse. Eram palavras diferentes das que eu ouvia os soldados no convés pronunciar. No início eu tinha dificuldade para articular sons. Principalmente algumas vogais. Depois ele me revelou como estava surpreso de me ver aprender tão depressa. Pouco a pouco, na rocha lisa da minha mente havia se depositado uma poeira leve, uma areia de sons que com o tempo se tornara mais densa, mais encorpada. Tinha se formado um húmus espesso e fundo onde as palavras agora se firmavam, deitavam raízes e floresciam. A memória linguística que o traumatismo desenraizara do meu cérebro renascia, assim, em outro lugar, numa parte diferente da minha mente, ajudada pela estrutura do raciocínio, mas quase espontânea, como uma língua natural. Era o que dizia o doutor, que se espantava de que eu aprendesse tão rapidamente, utilizando recursos cerebrais que ele presumia inadequados ao aprendizado da linguagem. No secreto desejo de acreditar nela, arriscava a fabulosa hipótese de que as células do meu cérebro haviam encontrado os restos da minha língua disseminados entre as dobras do ferimento. Com o esforço do aprendizado, voltavam pouco a pouco a se costurar, retomavam forma e coerência. Uma química desconhecida se movia dentro de mim, novos capilares se ramificavam levando seus sucos a zonas inexploradas onde antes pulsava tão só a vida animal do sangue e da carne.

O doutor assistia a esse fenômeno que definia como prodigioso e exultava a cada progresso meu. Observava e anotava minuciosamente todas as minhas reações aos seus exercícios, todas as novas palavras que eu aprendia a usar. Considerava minha cura e minha recuperação uma vitória pessoal, uma grande realização da ciência. Mas sobretudo o comovia a salvação de uma língua que a seu modo ele também tinha salvado em si, transportando-a do exílio aos mares da memória. Ainda que qualquer conversa sofisticada entre nós fosse impossível, e nossos diálogos fossem feitos principalmente de palavras solitárias, repetidas até o ponto em que pareciam tomar corpo no ar, o dr. Friari sentia compartilhar comigo um abstrato pertencimento ao mesmo mundo. Um laço obscuro nos unia, um vínculo que não passava pelo sangue mas vibrava no som da língua. Na alma do doutor despertava a doçura da lembrança e em mim mantinha desperta a vontade de viver.

Foi assim que lentamente, uma palavra depois da outra, em poucas semanas aprendi um finlandês rudimentar. Pobre mas essencial, me permitiu comunicar-me com o doutor. E, em especial, vir a saber a minha história.

Havia sido recolhido moribundo, com a cabeça arrebentada, no raiar do dia 10 de setembro de 1943, num píer próximo da estação ferroviária da cidade de Trieste. Não fora encontrado comigo nenhum documento, nenhum objeto pessoal. Afora as roupas que vestia, não possuía mais nada. Provavelmente havia sido agredido e roubado, golpeado na cabeça com o cano de chumbo encontrado junto de mim e ainda sujo de sangue e de cabelos. Justo naquele dia tinha chegado ao porto de Trieste, procedente do Norte da África, o navio-hospital *Tübingen*. Pertenciam a essa unidade os marinheiros que me encontraram. Carregaram-me para sua chalupa e me levaram a bordo, onde fui entregue aos cuidados do dr. Friari, oficial médico da Marinha alemã. Ele mesmo me confessou mais tarde que meu estado grave, associado à extensão do meu ferimento, tinham-no levado a crer que eu não sobreviveria muito tempo. Tanto que não considerara oportuno me operar e me aceitara a bordo do *Tübingen* por pura compaixão, por causa daquele nome que eu trazia bordado na japona. Logo decidiu, porém, me transferir da ala em que se recuperavam os outros feridos em estado comatoso e me manter sob monitoramento numa sala de reanimação. Uma vasta área da nuca havia sofrido lesões profundas e era difícil avaliar quanto do cérebro fora comprometido. Mas talvez o doutor houvesse sentido que algo vivo ainda se movia em mim. Ele me explicou depois que clinicamente nada me distinguia dos outros comatosos. Naquele bordado que o levara a me dedicar os máximos cuidados, ele via um sinal do destino. Como cientista, prático e concreto, toda manhã, quando vinha me ver na sala de reanimação, esperava me encontrar morto. Quando percebeu que, pelo contrário, minhas condições melhoravam, pensou num milagre e não se afastou mais da minha cabeceira. No dia em que saí do coma, as enfermeiras me juraram ter surpreendido uma lágrima em suas faces endurecidas. Quis acompanhar pessoalmente minha reeducação. Por isso, toda manhã era ele que me submetia aos exercícios dos cartões coloridos. Quando percebeu que eu não podia falar, que o traumatismo tinha destruído minha memória linguística e minha capacidade de articular os sons, em seu coração esperara a minha morte. Surpreso com a rapidez com que meu cérebro recuperava o conhecimento, de início ficou curioso sobretudo com o aspecto científico do meu traumatismo. Mas não pôde permanecer insensível ao medo, ao desconsolo de um homem morto pela metade, privado do seu passado, do seu nome, da sua língua, obrigado a viver sem uma lembrança, uma saudade, um sonho. A suposição de que, como ele, eu também fosse um finlandês, que, sabe-se lá por quê, havia ido bater naqueles mares tão distantes, o levou a me reservar tratamentos que em tempos de guerra seria difícil dar a um ferido.

Nas semanas que passou à minha cabeceira escrutando por detrás do vidro dos meus olhos o menor sinal de consciência, tinha se convencido de que eu devia mesmo ser um marinheiro finlandês, que fora parar em Trieste a bordo de algum navio, quem sabe um navio mercante alemão, assaltado por meliantes que rondavam os portos e as estações ferroviárias naqueles dias de grande desordem. O nome na japona, as iniciais no lenço, não davam margem a dúvidas. Jurou então que faria tudo o que estivesse a seu alcance para me fazer voltar ao meu país, para me dar a oportunidade de reencontrar o fio da memória. No fundo, se eu ainda estava no mundo, era um pouco por culpa ou por mérito seu. Pela fé que sua ciência havia depositado no imponderável acaso e seu coração, no som familiar do meu nome.

* * *

Passei a bordo do *Tübingen* longas semanas de espera. Várias dificuldades haviam atrasado a formação do comboio ferroviário. Agora o navio estava ancorado no porto de Trieste. Do meu observatório no convés, tinha notado frenéticos movimentos no cais e nos píeres. Veículos militares chegavam sem parar. Descarregavam tropas e armas. Com o vento ajudando, até os gritos dos comandantes chegavam aos meus ouvidos. Algumas vezes acompanhei o doutor à estação, aonde ia supervisionar a organização do comboio ou conseguir suprimentos médicos. Nessas ocasiões comíamos juntos, em alguma trattoria próxima do porto. Entre uma garfada e outra, ele me pedia com insistência que contasse tudo o que eu fazia, cada detalhe dos meus dias, inclusive os mais insignificantes. De início achei chato, depois entendi. Era com aqueles grãos de tempo que reconstruiria um passado, uma memória. Ele me recomendou nunca parar com aquele exercício. Embora ainda não tivesse me revelado, o doutor já tinha em mente o projeto do meu retorno à Finlândia e me preparava lentamente para dar esse salto.

Enquanto o doutor discutia com seus colegas da saúde militar nos locais de comando onde eu não era admitido, eu matava o tempo passeando. De início não me afastava muito da estação, depois passei a me aventurar pela cidade. Nas tardes de sol, todas as ruas que começavam no mar eram uma faixa dourada que eu percorria até as praças sombreadas, onde grandes edifícios de pedra clara se destacavam contra o céu azul-escuro. Gostava de me perder, de seguir a miragem que aparecia atrás de cada esquina e desembocar de novo na luz ofuscante do mar. Naqueles meses a cidade vivia num estado de angústia. Soube que, depois do armistício italiano, novas tropas alemãs desceram até a cidade e a ocuparam, preparando-se para repelir um eventual desembarque. Os ex-aliados tinham se tornado inimigos potenciais. Muitos soldados italianos haviam escapado para as montanhas, unindo-se aos grupos de guerrilheiros, ou tinham sido desarmados. Os camisas-negras e os soldados de Salò os substituíram, sob comando alemão. Aquela gente não agradava ao dr. Friari, que não os considerava militares como ele. Eu tinha notado que o doutor procurava evitá-los e, sobretudo, que os tratava com hostilidade. Nos últimos dias antes da partida, durante minhas peregrinações solitárias, aconteceu-me ouvir súbitas rajadas de metralhadora romper o silêncio das ruas quase desertas. Eu havia sido parado por algumas patrulhas de ronda. Mas todas as vezes meu salvo-conduto fizera o oficial que o abria estender imediatamente o braço. Logo mudava o tom da voz. Deixavam-me ir. Mesmo na estação eu podia ficar sem ser incomodado olhando os trens militares que partiam para o front iugoslavo. De vez em quando ia inspecionar o lugar em que tinha sido encontrado, a poucos passos do trapiche. Eu procurava entre os guindastes e os navios atracados um vestígio, um indício que pudesse transformar em lembrança. Às vezes, esperando o doutor que jantava com algum outro oficial, eu ficava na cidade até tarde da noite. Com medo da solidão, me refugiava na primeira cervejaria que encontrava. Entre militares alemães e camisas-negras que se embriagavam e cantavam, eu fazia o meu copo durar o máximo que podia e cantava com meus desconhecidos companheiros de bebedeira canções que não entendia. Era tranquilizador ouvir minha voz se somar à dos outros, minhas palavras se superporem às deles, saírem da minha boca e adquirirem vida como se fossem de fato minhas, como se por trás daqueles sons que eu havia aprendido a imitar tão bem houvesse igualmente a consciência do seu significado. Sem me pedir nada, as pessoas à minha volta erguiam o copo contra o meu, me tratavam como se fosse uma delas. Lá dentro, na fumaça e no barulho, eu me sentia seguro, não estava sozinho. O doutor se preocupava com esse meu medo da solidão. Dizia que eu devia superá-lo. Era um sinal da minha incapacidade de aceitar meu novo destino.

Uma manhã de novembro o dr. Friari me pediu que o acompanhasse à cidadezinha de Opicina, no Carso, pouco distante de Trieste. Ele precisava ir ao comando alemão encontrar um alto funcionário da administração civil que acabara de chegar a Trieste. Eu não sabia ainda que era eu o objeto da sua missão. Um automóvel veio nos pegar no píer. Era uma manhã cinzenta, embora a leste o céu luminoso deixasse adivinhar o sol. A estrada que subia até o Carso estava sepultada sob uma névoa densa. Todo o altiplano pingava de umidade. Das árvores caíam de quando em quando no para-brisa grossas gotas, como uma repentina chuva de verão.

O comando alemão ficava numa casa murada e fechada por um portão branco, um pouco afastada da rua. Atravessamos o pátio coberto de pedrisco, incomodados com o ruído dos nossos passos. Um militar nos recebeu. Notei que mancava. Trocou poucas palavras com o doutor e o acompanhou até uma porta no fundo do átrio. A mim, indicou uma sala do rancho dos oficiais, vazia naquela hora. Sentei-me e me pus a folhear algumas revistas velhas. Depois de longos e silenciosos minutos, ouvi voltar o passo manco, a porta se abriu e reapareceu o militar, que me fez sinal para segui-lo. Fui escoltado até o escritório onde o doutor e o funcionário conversavam. O funcionário era um homem robusto, cara vermelha e sorriso jovial. Veio ao meu encontro para me apertar a mão e me indicou uma poltrona diante da sua mesa. Sentei-me e o doutor a meu lado retomou o discurso que minha entrada devia ter interrompido. Falava em alemão, mas intuí que estava contando minha história. Indicou a japona, que eu havia tirado e mantinha dobrada no colo. A um aceno do doutor, mostrei a etiqueta, tirei do bolso o lenço com as iniciais e o pus sobre a mesa. O funcionário o girou nas mãos arqueando as sobrancelhas e o devolveu a mim. O encontro não durou muito. O funcionário anuía às palavras do doutor e tomava uma ou outra nota. Levantou-se primeiro e, acompanhando-nos até a saída, nos cumprimentou calorosamente. Em seu alemão quente e rouco, me dirigiu uma frase que, sem compreender, intuí afetuosa. Já o doutor a compreendeu e apertou a mão do funcionário, dirigindo-lhe um olhar de reconhecimento. Também agradeci, inclinando a cabeça, na falta de palavras. O mesmo militar nos escoltou até o portão, através do pátio de pedrisco. Esperamos seu passo manco desaparecer para entrarmos no carro.

Agora a névoa estava mais rala e subia fumacenta para os bosques. Fora do centro de Opicina, raios de um sol molhado já iluminavam a encosta rochosa e caíam a pique no mar, apagando os últimos farrapos de nuvens. Na primeira curva do caminho, a vista do golfo se escancarou diante de nós. O doutor mandou parar o carro no acostamento. Descemos e subimos uma trilha arenosa que costeava o monte. Muito embora as cores fogosas do bosque abrasassem a paisagem, um prenúncio de inverno esfriava o céu. Nas depressões mais profundas do altiplano, onde ainda estagnavam poças de névoa, a vegetação já era esparsa. Chegando ao cume, nos sentamos numa mureta de pedra e ficamos contemplando o horizonte agora claro e a cidade abaixo de nós, incrustada no mar ofuscante.

"Daqui a dois dias o comboio estará pronto", me disse o doutor. Olhava longe, procurava palavras que eu pudesse compreender. Elevando a voz, como se assim esperasse fazê-la entrar no fundo da minha mente, continuou:

"Chegou a hora de o senhor enfrentar essa viagem. Não tenha medo. Será, no fundo, um regresso. Aqui o senhor vive num limbo, num lugar de passagem, onde sua existência está suspensa. Entende?"

Fiz que sim. Apesar de mal ter captado o sentido da frase. Erguendo novamente os olhos para o mar, o dr. Friari prosseguiu:

"O senhor precisa voltar aos lugares do seu passado. Só lá poderá acalentar a esperança de encontrar algo que lhe desperte a memória. Às vezes basta um cheiro, uma luz, um barulho que ouviu mil vezes sem se dar conta e que de repente pode deflagrar a lembrança."

Cheiro, luz, barulho haviam sido os instrumentos do meu despertar. O doutor se calou por uns instantes e olhou para mim com cumplicidade. Não sabia no que ele estava pensando, mas senti que gostaria de poder partir comigo.

"Trate de aprender sua língua. Isso mais que qualquer outra coisa poderá ajudar sua memória. Um sopro basta, se debaixo das cinzas arder ainda uma minúscula brasa."

Ante meu olhar carrancudo, repetiu a última frase imitando com as mãos o acender de um fósforo, a chama que toma corpo e se ergue.

"O senhor vai ver, não vai ser difícil. Mas terá de se esforçar. Não poderá se contentar com poucas palavras e alguns gestos, como fizemos entre nós nestas semanas. Vai ter de estudar sua língua, mas não sozinho. O finlandês é a língua em que o senhor foi criado, a língua da canção de ninar que toda noite o fazia dormir. Deverá amá-la, além de estudá-la. Aprenda cada palavra como se fosse a palavra mágica que pode lhe abrir a memória. Recite-a em voz alta, como uma prece. As preces são feitas de palavras. De cada uma explore todos os significados, todos os usos."

Arqueei as sobrancelhas. Não acompanhava mais, mas não queria interromper o harmonioso fluir do discurso. Era uma música, falava de mim. O doutor percebeu. Servindo-se novamente de gestos, procurou descrever os conceitos mais difíceis. Certas palavras pôde apenas repetir em vão, pronunciá-las em sílabas para me mostrar seus pedaços um a um. Inútil, me faltava o significado. Mas aquelas sílabas evaporadas como a névoa da manhã que se iluminava não se perderam. Repetindo-as dentro de mim capturei as marcas que deixavam e muito tempo depois recuperei a partir desses fósseis o ensinamento do doutor.

À nossa volta o bosque crepitava num minúsculo fragor de gotas que a terra bebia. Eu tinha a impressão de ouvir as folhas das árvores se enrolando, como se toda a estação do outono estivesse indo embora em poucos minutos. O doutor apertava as mãos procurando em vão um modo de me comunicar seus sentimentos, seus conselhos. Enfim falou de um só fôlego, já sem se preocupar se eu compreendia ou não, desafogando na ênfase da voz a raiva de que o vento levasse embora aquelas palavras.

"Mais um conselho", disse. "De um homem, não de um médico. Como a língua é mãe, procure uma mulher. Por uma mulher viemos a este mundo, com a mãe aprendemos a falar. Apaixone-se, entregue-se. Apague o cérebro e deixe o coração comandar. Deverá se enamorar de uma voz e de todas as palavras que a ouvir pronunciar."

Talvez por um longo silêncio a ter precedido, esta última frase, sem que eu a compreendesse, permaneceu impressa em mim. Eu a repeti, memorizando-a como um bloco congelado de sons dentro do qual distinguia um confuso significado. Depois, à medida que se dissolvia na minha mente, extraí as palavras, a mais forte de todas por último: "rakkaus", que quer dizer "amor".

Mas a paisagem espetacular aberta diante de nós, o vidro do mar arranhado ao longe pelas estrias do vento e o sol já quente no céu ainda velado não convidavam, decerto, a reflexões tão graves assim. Encantados com aquela visão apaziguadora, calamos por um bom tempo. A própria guerra parecia distante. A cidade tão alarmada e ansiosa parecia lá de cima um presépio, e os encouraçados que cruzavam ao largo, brinquedos de criança. O doutor estava com o rosto voltado para o sol. Eu olhava o rochedo a meus pés se precipitar na voragem azul do mar, e pensava. Mais que as palavras, que eu não havia compreendido direito, o tom da voz do doutor me tocara. Eu intuía que se aproximava uma reviravolta, um encontro a que eu não podia faltar. Tinha de resolver o enigma que havia interrompido minha existência. Apesar de estar quase acostumado à atmosfera daquela cidade desconhecida e triste, daquele navio ancorado fora do tempo, eu sentia que não poderia ficar ali para sempre. Da cidade cintilante a nossos pés subiam, com os ruídos abafados, as fumaças lentas das chaminés. O doutor, como que seguindo o fio dos seus pensamentos, acrescentou:

"E visto que somos compatriotas, quando chegar lá, cumprimente calorosamente a minha velha Finlândia! Nestas semanas, ensinar-lhe o pouco que pude da nossa língua foi uma descoberta também para mim. Nas fissuras da memória encontrei palavras que tinha esquecido. Quando era menino, minha mãe costumava repetir um ditado: '*Oma maa mansikka, muu maa mustikka*' (Nossa terra é como o morango, a terra dos outros é como o mirtilo). *Mansikka* é o morango, vermelho e doce como nossa terra. *Mustikka* é o mirtilo, negro e áspero como a terra estrangeira. Ou seja, a gente só se sente bem em casa. Quem sabe minha mãe pressagiava o destino que me caberia e essas suas palavras eram uma advertência. Quem sabe ter encontrado o senhor neste lugar tão distante não é uma mensagem que minha mãe me envia do além para dizer que chegou, também para mim, o momento de voltar para casa!" Sorriu com o canto da boca, querendo acreditar naquele presságio, e por um instante cravou em mim seu olhar, logo, porém, voltando-o para um ponto seguro, longe no mar.

O doutor havia preparado tudo para a minha partida. Eu partiria no trem militar Trieste-Liubliana-Viena-Praga-Dresden, que levava para a Alemanha os feridos do *Tübingen* em condições de viajar. De Dresden, eu seguiria para Berlim e depois para Stettin, com um salvo-conduto que o doutor tinha conseguido com o alto funcionário que visitamos em Opicina. Dali poderia embarcar para Helsinque. O doutor me entregou algumas cartas de recomendação para um colega seu do hospital militar de Helsinque, nas quais expunha meu caso e descrevia o traumatismo que eu havia sofrido.

"Procure o dr. Mauno Lahtinen", disse, assegurando-se de que eu havia compreendido. "É um velho amigo, do tempo que eu estudava na Universidade de Helsinque. Nestes vinte e seis anos, só tornamos a nos ver uma vez, três anos atrás, num congresso de neurologia em Berlim. Mas nos correspondemos regularmente. Sei que foi mobilizado e lotado no hospital militar central de Helsinque." Forneceu-me também o dinheiro necessário para a viagem e para as primeiras despesas. Recomendou que eu não hesitasse em falar em seu nome se viesse a ter alguma dificuldade com as autoridades alemãs.

"E se não bastar, diga que telegrafem ao *Gauleiter* da Caríntia, dr. Friedrich Reiner, o funcionário que encontramos em Opicina. Ele está a par de todo o caso."

Na manhã em que tomei o trem para Dresden, caía uma chuva miúda. O céu estava baixo e repleto de nuvens que desciam até o mar. O dr. Friari me acompanhou até a via férrea. Procurei as palavras para lhe agradecer, mas só fui capaz de lhe apertar a mão. O doutor percebeu minha comoção, mas dessa vez conteve a sua.

"Coragem! No fundo, o senhor está voltando para casa. *Oma maa mansikka...*" No momento da nossa despedida, assumiu a marcial indiferença que jamais tivera comigo. Estas foram suas últimas palavras:

"Faço votos de que reconstrua sua vida. Ou que recupere a que perdeu. Não lhe peço para mandar notícias. Sei que quando reencontrar a paz e a serenidade não vai querer se lembrar destes dias. Pelo menos, lembre-se de mim, se puder. Ser lembrados. É tudo o que queremos, não?"

Fechando com uma das mãos as abas do capote, dirigiu-me mais um breve cumprimento enquanto o trem se punha em marcha. Nunca mais tornei a vê-lo.

Essas páginas me causaram uma grande comoção. Vi no espelho da narração aspectos de mim que eu não conhecia. Estão lá quase todas as palavras que eu disse, e minha história pessoal soa mais amarga ainda entre essas linhas. Quando não conseguia articular nenhuma língua, aquele homem sabia ler nos meus silêncios, sabia reconhecer o medo no meu olhar. Lembro-me muito bem dos nossos primeiros encontros no meu consultório, a bordo do Tübingen. *Sem perceber, comecei a lhe contar minha história. Estava convencido de que ele não podia me entender e falava muito mais para desabafar, como nunca pudera fazer, nem mesmo com os marinheiros da igreja de Hamburgo, por medo de espionagem. Não tinha me dado conta de que minha dor era tão forte, a ponto de passar por cima das palavras e ir direto ao coração daquele homem, que eu tratava então como se fosse um surdo-mudo. Como é que fez para reproduzir trechos inteiros dos meus desabafos, eu não sei. Por sorte conservei meu diário daqueles dias. O caderno verde, como ele o chamava. Juntamente com minhas anotações pessoais, registrava nele todas as coisas significativas que aconteciam a bordo. Suas páginas me ajudaram a reconstruir com exatidão a concatenação dos acontecimentos e lembrar nossas conversas. Sobretudo na primeira parte, o memorial apresentava partes obscuras cuja reordenação me deu um grande trabalho. Mas, erros de ortografia à parte, muitas das frases que pronunciei ao contar minha história são reproduzidas com uma precisão alarmante, como se tivessem sido decoradas. A tal ponto pesavam minhas palavras na mente daquele homem, a tal ponto ele havia confiado em mim.*

Para mim, era um alívio aportar periodicamente em Trieste, depois de longas semanas passadas ao largo da Cirenaica recolhendo os feridos das batalhas da África. Eu reencontrava naquele golfo luminoso um sucedâneo para a paz e podia finalmente pisar em terra firme. Já sem a aflição do perigo, de noite eu conseguia dormir, tinha tempo para alguma leitura, podia até me abandonar a um pouco de ócio. Gostava daquela cidade rude e filha de ninguém. Nem italiana, nem austríaca, nem eslava, me esfregava na cara sua despudorada beleza que eu espiava, toda vez, intimidado, como se espia uma mulher inatingível. Às vezes eu fantasiava que no fim da guerra permaneceria ali. Mas sentia que era um lugar grandioso demais para uma existência apagada como a minha. Quem vive numa cidade como essa tem a obrigação de estar constantemente apaixonado, porque as alegrias imensas, como as imensas dores, requerem grandes cenários. Quando o Tübingen, *esvaziado de seus lamentos e do seu fedor de carne, levantava âncora para seguir de novo rumo ao sul, a vista de Trieste desaparecendo no horizonte me proporcionava uma enorme e doce melancolia. Eu tinha sempre a impressão de haver deixado mais uma vez escapar a ocasião de abraçar aquela cidade, e fantasiava que, talvez, apesar de tão desdenhosa, no fundo ela também me amava.*

A viagem a Opicina naquela manhã de outono, a paisagem do Carso que saía da névoa, trago impressa em minha mente junto com tudo o que eu disse. Pude assim reconstituir o sentido das minhas palavras. Era difícil encontrar o caminho para me fazer entender. Eram conceitos, ideias, e naquele tempo o autor destas páginas não sabia dar nome às coisas. Percebo hoje com surpresa que minhas palavras foram conservadas até poderem ser decifradas. É verdade, eu também gostaria de ter partido para a Finlândia. Aproveitar a confusão da guerra para apagar da face da terra o neurologista do hospital militar de Hamburgo e substituí-lo pelo estudante da Universidade de Helsinque de vinte e seis anos antes. Mas já não era possível. Vinte e seis anos não passam à toa. A memória, como uma lava, escorre sobre as lembranças, conservando-as, sim, mas roubando-as de nós para sempre. Da memória, que o autor destas páginas desafortunadamente buscava, ainda não consigo me libertar. A memória é o tributo da dor que cotidianamente eu pago quando acordo para este mundo e aceito viver nele. Por quê, não sei. Talvez porque seja mais fácil nascer do que morrer. Talvez pela doentia curiosidade que todo homem tem, mesmo na dor, de ver como vai acabar.

Não contava que seria assim minha chegada a Helsinque. Não contava com aquela aurora cinzenta, com aquele céu ameaçador. A cidade que vinha a nosso encontro como uma massa escura sobre o mar lodoso não tinha nada de acolhedora. O navio mercante sueco *Ostrobotnia* tinha desligado os motores. Balançava mansamente entre os blocos de gelo que iam à deriva, apontando para o céu sua proa enferrujada. No molhe, homens silenciosos haviam recolhido as amarras caídas na neve suja e corrido para prendê-las nos cabeços. Vibrava uma atmosfera de alerta. Alguns militares subiram a bordo. Inspecionavam distraidamente os porões, acompanhados por um marinheiro. O comandante, que depois de muitas reticências e um longo interrogatório tinha me aceitado a bordo, fumava nervoso, sondando com o olhar a perspectiva dos edifícios negros diante do porto. Me lembrei da caserna de Stettin, da longa fila de soldados que caminhavam de cabeça baixa e do estranho reluzir das suas marmitas novas. Aquele vulto inquisitorial atrás da mesa, meus documentos abertos e fechados mil vezes. E depois a viagem de ônibus até o porto, os buracos cheios d'água, o encadeamento desordenado dos píeres, e sempre aquele olhar de desconfiança apontado para mim, aquela boca com forma de cicatriz que de vez em quando se fechava, como se estivesse a ponto de dizer alguma coisa, mas acabava permanecendo muda.

"Para onde irá aqui em Helsinque?", me perguntou, apertando a guimba entre os lábios. Era uma pergunta que já tinha me feito sei lá quantas vezes durante a viagem. Talvez contasse me flagrar em contradição, descobrir alguma incoerência nas minhas respostas.

"Tenho o endereço de um hospital militar. E uma carta de apresentação do dr. Friari", respondi no meu finlandês capenga.

"Mas, de qualquer modo, para mim tanto faz", acrescentei.

O oficial voltou o olhar para a cidade e me dando as costas replicou:

"Esta não é uma cidade como as outras. É um acampamento de mongóis que por equívoco vieram bater aqui, do outro lado do continente. Selvagens que vivem para se embriagar, até com álcool etílico, se não encontram outra coisa!" Satisfeito com suas palavras, virou-se e deu uma longa tragada.

"Bem-vindo a Helsinque!", acrescentou, cáustico. Afastando-se jogou a guimba no mar. Pensei que talvez desde o início da viagem ele reservasse aquelas palavras para mim.

Afastei-me do porto com meu saco de juta nas costas. Uma ligeira angústia apertava meu coração, mas sem me fazer mal, quase uma felicidade acerba, ainda amarga para engolir. Andando no sulco deixado pelos caminhões, entre os acúmulos de neve lamacenta, imaginei caminhar ao encontro da minha cidade, da minha pátria, e esse pensamento me encheu de esperança. Um soldado me indicou o edifício do hospital militar, numa espaçosa via do centro. Limpei a neve e a lama dos coturnos antes de pisar no chão de ladrilhos vermelhos, brilhando de cera. Entrei numa sala de teto alto, mal iluminada. A enfermeira do guichê da recepção me fez uma breve pergunta que não entendi. Respondi recitando a frase de apresentação que o dr. Friari tinha me ensinado e lhe estendi o envelope com o selo do *Tübingen*. A mulher se levantou e me fez sinal para esperar, indicando os bancos de madeira encostados na parede. Tirei a boina e respirei a plenos pulmões o cheiro de éter misturado com verniz. Entraram pelo portão alguns graduados que pararam para conversar no átrio antes de se afastar pelo corredor. As vozes deles ecoaram demoradamente antes de se apagar atrás de uma porta. Ouvi-os com curiosidade, quase me espantando por ouvi-los falar como o dr. Friari. Então era mesmo aquela a língua finlandesa. Ela vivia ao meu redor, enchia de sons conhecidos aquele ambiente desconhecido. Na rede do meu ouvido, apurado para pegar cada sílaba que saía da boca daqueles homens, entre as tantas desconhecidas ou pronunciadas confusamente, foram capturadas algumas palavras inteiras, ainda vivas quando as pesquei. Observei-as, as decompus, comparei aquelas palavras com as que eu conhecia, repetindo-as em voz baixa. Eram verdadeiras, já eram minhas!

Um soldado que veio sentar no banco em frente interrompeu minhas divagações. Apoiou os cotovelos nos joelhos e deixou a cabeça cair voltada para o chão. Olhos dirigidos para baixo, parecia acompanhar algo que se movia no desenho geométrico dos ladrilhos e de vez em quando levantava a ponta dos coturnos como para deixar a coisa passar. Notei que tinha uma japona igual à minha. A mesma cor azul-marinho, os mesmos botões de osso. Mas na gola havia galões costurados. Abrindo os braços, olhou para mim. Acariciei o tecido áspero, as costuras grossas, e pensei que, sim, aquele país devia mesmo ser o meu.

Não precisei esperar muito. A enfermeira apareceu numa porta do corredor e me fez entrar num ambulatório. O médico que me recebeu já tinha lido a carta do dr. Friari, que mantinha aberta em cima da mesa. Intuí que sua preocupação era como se fazer entender. Pôs-se a falar articulando cada sílaba de uma maneira nada natural e deixando que cada palavra se extinguisse antes de atacar outra. Isso me ajudou. Soube assim que o dr. Mauno Lahtinen, neurologista do hospital, estava viajando na retaguarda da frente careliana, mas que sua volta era iminente e que sem dúvida cuidaria do meu caso. Por ora, tudo o que podiam me oferecer era um catre e a comida do rancho militar. O doutor repetiu esta última frase com uma voz diferente, talvez para sublinhá-la. Eram palavras que eu conhecia, estavam entre as primeiras que havia aprendido a bordo do *Tübingen*. Acrescentou outras que não entendi, mas não deviam ser importantes, porque já tinha desviado o olhar de mim. Dobrando minha carta e colocando-a de volta no envelope, guardou-o numa pasta sem nome entre tantas outras empilhadas sobre um armário às suas costas. Observei inquieto a etiqueta que permanecera vazia na pasta de cartão cinzento. O doutor percebeu. Mas não disse nada para me tranquilizar. Levantou-se para me dar a entender que nosso encontro havia terminado e apertou distraidamente minha mão.

A enfermeira me escoltou pelo corredor até uma grande sala com as paredes cobertas de estantes e de armários pintados de branco. Pôs em meus braços um rolo de cobertas e lençóis. Segui-a novamente através de salas desertas iluminadas por grandes janelões. Passamos por um corredor mais iluminado, que ladeava um pátio interno. Entramos numa sala um pouco menor, na qual contei seis catres. A enfermeira parou na frente do último. Estendeu uma chave que trazia o número 6 e indicou um baú de ferro. Perguntou uma coisa que não entendi e ficou um instante esperando a resposta. Ante o meu olhar desconcertado, sorriu baixando os olhos, mais embaraçada que eu. Quando o fru-fru do seu uniforme desapareceu, senti cair sobre mim, sentado no colchão daquela cama desconhecida, todo o silêncio, toda a solidão contra a qual eu havia lutado durante minha longa viagem de Trieste a Helsinque. Eu era como um desses peixes que ficam presos pelo gelo sob o mar ártico. Via a luz acima de mim, porém sentia mais forte o chamado do abismo. Tirei o coturno, me cobri de qualquer jeito com as cobertas e caí no sono. Fazia semanas que não dormia numa cama de verdade.

Fui acordado por um sino que parecia vir de fora. Não sabia quanto tempo havia decorrido. Ouvi passos no pátio, do lado de lá da janela, vozes confusas. Levantei, abotoei a japona que não tinha nem mesmo tirado, tranquei meu saco no baú e seguindo o som do sino me encontrei do lado de fora, numa fila de soldados e enfermeiras que rumavam para uma igreja branca. Com exceção do órgão, dentro dela tudo também era branco. A luz do dia se apagava avermelhando-se nos vidros de quatro lucarnas no telhado. Numa parede ao lado do altar estavam fixados três números dourados. No banco encontrei um missal encapado com papel encerado e uma Bíblia com um marca-livro vermelho. Os missais farfalharam e começaram os cantos. Um capelão militar subiu ao altar. Leu alguns trechos de um grosso volume posto num tripé. Vestia uma farda cinzenta e seus cabelos eram tão louros que pareciam brancos. Depois de lidas, mantinha cada página do livro entre os dedos antes de soltá-la levemente. A seu lado tremulava uma vela. O rito foi breve, entremeado de calorosos silêncios no fim de cada hino. Eu virava as páginas daquela estranha Bíblia, passava de uma linha a outra, procurando reconhecer ao menos os nomes. Ouvi os que estavam ao meu lado cantar, invejava aquelas bocas cheias de palavras. No fim da missa as pessoas saíram pouco a pouco. Mas algumas permaneceram ajoelhadas, rezando.

O cheiro da cera e da madeira tinha me acalmado. Eu me sentia seguro, longe do comandante do *Ostrobotnia*, longe da voz metálica dos alto-falantes que anunciavam o nome de cada estação, longe dos vagões da Cruz Vermelha, do cheiro de fumo e suor dos soldados adormecidos aos montes sobre suas mochilas. Também fiquei no meu banco, apertando nas mãos aquela Bíblia como para espremer dela as preces que não sabia dizer. Eu me sentia acossado. Fora daquela igreja era a solidão, e mal os últimos soldados saíssem, ela penetraria pelas fissuras da madeira, por debaixo da porta, por todas as frestas. Ela teria me envolvido, sugando minha respiração, mas sem me fazer morrer. Minha mente corria pelos corredores sem saída, quando senti uma mão no ombro e, ao me virar, reconheci a enfermeira de pouco antes. Vinha acompanhada do capelão militar que abaixando ligeiramente a cabeça em sinal de cumprimento me disse: "*Tervetuloa talossa!*" (Bem-vindo ao lar!).

Foi assim que conheci o pastor luterano Olof Koskela, o único amigo que já tive, a única pessoa de quem hoje tenho saudade. Partiu para o istmo de Carélia no início de junho e eu nunca mais soube nada dele. Faz poucos dias, um soldado do vigésimo regimento de guardas de fronteira ferido em Kuuterselkä chamou seu nome num momento de delírio. Durante todos esses meses, não houve dia em que eu não tenha passado algumas horas sentado à mesa gasta da sacristia nos fundos da igreja, onde o capelão Koskela, com a paciência que só um missionário pode ter, me ensinou o finlandês. Inclinado sobre um velho caderno amarelado que cotidianamente se enriquecia com novas palavras, dia após dia aprendi o que acreditava ser minha língua materna, conjuguei em voz alta os verbos e declinei os casos, recitei as preces, cantei os hinos dos ofícios e aprendi as fantásticas histórias do *Kalevala*. Foi o capelão Olof Koskela que me ensinou a amar este país. Se tivesse tido tempo, talvez houvesse conseguido fazer de mim um verdadeiro finlandês.

Passaram-se algumas semanas, mas do dr. Lahtinen nenhuma notícia. A enfermeira me repetia que sua volta era iminente, que não podia ter sido transferido, porque não fora nomeado um substituto. Mas logo entendi que no hospital não tinham tempo de me dar atenção. A Finlândia vivia horas trágicas. Depois da Guerra de Inverno, milhares de refugiados partiam da flamejante Carélia. Não se sabia onde alojá-los. Quem podia foi para a Suécia, para a casa de parentes. Outros vagaram de um trem a outro antes de parar nos arredores de alguma aldeia e ali construir um barraco de madeira para passar o inverno. Muitos dos doentes e dos anciãos foram acolhidos temporariamente nos hospitais, nos postos de saúde. Fui considerado um deles. Pagava minha comida com a ajuda que prestava às enfermeiras. Mas os médicos tinham muitas outras coisas em que pensar além da minha memória perdida. A ninguém interessava o curioso caso de neurologia que eu constituía. Ali havia feridos e doentes a tratar, famintos a alimentar, crianças a salvar das doenças. Cheguei até a pensar que o dr. Lahtinen não existia. Que era uma invenção do dr. Friari para me tranquilizar, e que era isso que estava escrito na carta que eu entregara ao médico plantonista.

Uma manhã, o pastor Koskela me acompanhou ao Ministério da Guerra, em busca de algum vestígio que pudesse me ajudar a descobrir minha identidade. Mas os serviços do ministério haviam sido desmobilizados e transferidos para os refúgios fora da cidade. Do Estado-Maior dizia-se que estava enterrado em algum bunker da Lapônia. Os arquivos eram inacessíveis. O único funcionário que encontramos nas salas vazias do edifício abandonado tinha nitidamente mais o que fazer. Empoleirado numa escada, estava esvaziando as altas estantes de um arquivo gigantesco. Desceu de má vontade para folhear os registros dos embarcados e dos navios, tirando-os das caixas em que acabava de pô-los, e nos respondeu abruptamente que sem o nome do navio ou a data de recrutamento não poderia encontrar nada. Aconselhou-nos a nos dirigir à Associação dos Combatentes, que tinha a lista dos dispersos e dos tombados. "E além do mais não é certo que seja uma japona da Marinha Militar. Não tem galões. Pode ser uma simples japona de marinheiro!", disse ainda enquanto nos afastávamos pelo corredor atopetado de caixas e documentos empoeirados. Fomos também ao Registro Central. Mas o funcionário ergueu os braços ao ouvir meu nome. "Meia Finlândia se chama Karjalainen! E sem uma data de nascimento, por onde começo?", exclamou desconsolado, mostrando as fileiras de prateleiras numeradas às suas costas, lotadas de pastas amarradas com um cordão.

Mas com o tempo tudo isso perdeu muito da sua importância. O pastor Koskela se tornou minha família, o dormitório do hospital, minha casa. De vez em quando eu o compartilhava com algum oficial de passagem, de quem no mais das vezes só via a cama desfeita de manhã ou a silhueta escura entre os lençóis, de noite, quando eu voltava. Sempre voltava tarde. Porque o silêncio e a solidão do dormitório me davam medo. A solidão tinha se tornado minha grande angústia. Na solidão afloravam as questões para as quais não pudera encontrar resposta e das quais as atividades espasmódicas dos meus dias me faziam esquecer temporariamente. Só temporariamente. Porque, embora eu me iludisse de que era capaz de suportá-la, a angústia de não saber quem eu era se adensava em mim e pouco a pouco sufocava todas as minhas forças. Com prepotência, tomava o espaço que lhe cabia. Porque um homem não pode viver sem memória.

Passava as noites no hall de algum grande hotel, o Kämp ou o Torni, sempre repleto de jornalistas, de militares e da mais variada humanidade. Na barulheira e na fumaça, desconhecido entre os desconhecidos, eu me sentia à vontade. Quando o bar do hotel Kämp se despovoava e só restava um ou outro garçom esvaziando os cinzeiros, eu saía de novo para a rua, vagava sem propósito pela cidade, ou ia me proteger do frio na estação ferroviária, onde olhava chegar os trens de soldados e refugiados do front. Experimentava uma sensação agradavelmente assustadora quando se abriam as portas dos vagões e homens de ataduras ensanguentadas, com o medo nos olhos, desciam na plataforma sem saber para onde ir. Eu os encarava um a um, reconhecendo no rosto deles o mesmo desconsolo que tinha visto no meu, refletido no espelho, naquela manhã de meses antes no navio-hospital *Tübingen*. Acorria onde ouvia gente urrando. Oferecia meus préstimos para levar uma maca, para descarregar uma caixa, amparava um velho refugiado em lágrimas junto das suas poucas coisas amarradas como se fossem trapos. Mas no meu íntimo gozava com toda aquela desgraça. Era justo assim. Que não fosse só eu. Que em torno de mim reinasse outro desespero. Voltava ao hospital quando me sentia completamente esgotado e certo de que mal me deitasse adormeceria. Mas ao raiar do dia já estava acordado. Levantava e ia acender a estufa na capela. Os poucos pedaços de lenha que podíamos queimar não bastavam, é verdade, para aquecer. Mas pelo menos aliviavam o gelo da noite. Na hora do ofício, uma efêmera mornidão acolhia as figuras que, envoltas na escuridão, vinham se ajoelhar nos bancos. Só acendia a vela no momento em que o sino parava de tocar. Para economizá-la. Quando o capelão subia ao altar, eu me acomodava naquele assento que havia se tornado meu lugar pessoal e era o primeiro a entoar todos os hinos. Declamava ainda sem compreender todas aquelas palavras redondas e carnudas. Mas as pronunciava com segurança, como se fossem minhas. Uma a uma, circunscrevia seu significado, decompunha-o, classificava-o. Aprendia a usá-las fora da igreja, nas minhas ainda sucintas conversas com o pastor. Cantar aquelas palavras era meu modo de domesticá-las. Eu, que não podia transportá-las até as margens de um significado, tinha de me aproximar delas com cautela, para que não me escapassem, para não confundi-las no fluir ininterrupto do canto. Quando eu não conhecia bem seus contornos fonéticos, Koskela me ajudava a copiá-las, e assim, na página do meu caderno, entre aqueles verbos e aqueles nomes escritos em colunas, fluía a música. Como se as notas tivessem misteriosamente se fundido nas letras. No fim do serviço, eu arrumava os missais, apagava a vela e ia à sacristia cumprimentar o capelão antes de rumar para o refeitório, onde me esperava uma xícara de leite e um pedaço de pão que cheirava a resina.

Nunca me relacionei com nenhum dos outros soldados. Tinha medo de não entender o que diziam. E, mais, não tinha vontade de contar minha história. Por isso sempre me sentava sozinho, perto da janela, olhando as bétulas do pátio. O resto da manhã, ia dar uma força às enfermeiras, as "lotta". Havia aprendido com o capelão que o corpo de enfermagem do hospital militar, de túnica cinzenta e gola branca, se chamava "Lotta-Svärd". Ajudava-as a lavar os lençóis, ferver as ataduras nos baldes d'água, desinfetar os instrumentos cirúrgicos. No meio da manhã fazíamos uma pausa. As enfermeiras preparavam o chá e sentavam para conversar. Falavam em voz baixa, esfregando as mãos avermelhadas no algodão grosso das suas túnicas. Essas mãos me lembravam uma coisa familiar e maternal que, no entanto, eu não conseguia focalizar. Flutuava inapreensível, pouco distante da minha consciência. Só então, na mornidão da lavanderia com suas vidraças embaçadas, caído sobre um monte de cobertas, eu encontrava a serenidade para dormir. Ninado pelo tagarelar tranquilizador das enfermeiras, a solidão não podia mais nada contra mim.

Era no início da tarde, quando havia mais luz, que o capelão me dava aulas. Na sacristia fazia frio e minhas mãos ficavam entorpecidas. Mas os cantos me aqueciam o coração e, quando a temperatura se tornava insuportável, o capelão abria a porta de um pequeno armário com maçanetas de vidro e tirava dele uma garrafa com um líquido branco. Aprendi que se chamava *koskenkorva* e era muito forte. O que a tal garrafinha tinha de mágico era que, apesar dos repetidos sorvos, durante todos aqueles meses continuou sempre pela metade, como da primeira vez. Era o milagre pessoal do capelão militar Olof Koskela.

Aquele antídoto contra o frio também ajudava muito o pastor em suas divagações, quando recitava os poemas de Yrjö Jylhä ou quando contava as histórias da mitologia finlandesa. Os personagens do *Kalevala* me pareciam mais verdadeiros se em cima da mesa estivesse a garrafa de *koskenkorva* e nossos dois copinhos de vidro grosso. Então, as bochechas do capelão se inflamavam e aquele austero eclesiástico se transformava. Abandonava os gestos enxutos do sacerdote e seu corpo adquiria uma moleza estranha, de marionete. Até seu rosto vincava em caretas que sóbrio não fazia. Sobre as palavras que usava não posso opinar, mas sentia que também sua pronúncia mudava. A língua e os lábios alentados pelo álcool não conseguiam mais fechar a tampa das consoantes, e as vogais escorriam aos borbotões, apenas moduladas por macios movimentos da glote. Às páginas da minha velha gramática, que o pastor tinha me arranjado, veio se sobrepor em transparência uma gramática finlandesa pessoal minha, feita de um material eclético e heteróclito, que ia dos hinos religiosos às marchas de guerra, das fábulas míticas às leituras da Bíblia, das façanhas da Batalha de Suomussalmi às memórias de infância de Olof Koskela, quando morava na cidade de Vaasa.

O pastor não era um finlandês qualquer. Fazia parte da minoria sueca que certa época colonizou a Finlândia. Também tinha antepassados poloneses e por isso, talvez, é que via os russos com tamanhos maus olhos. Nutria uma profunda desconfiança contra tudo o que vinha do oriente, inclusive o vento.

"Dizer oriente não significa nada. Na nossa língua é preciso especificar. *Itä* é o leste genérico, *Kaakko* é o ponto preciso em que o sol se levanta. Se em finlandês temos duas palavras diferentes, é por não ter de chamar pelo mesmo nome a alvorada e a direção de onde chegam as invasões eslavas", havia me explicado um dia. No mapa pendurado na parede, me dava sua aula sobre as migrações que tinham povoado a Europa. Falava de ugro-fínicos e de uralo-altaicos como se fossem todos amigos seus que ele conhecesse pessoalmente um a um. Estabelecia as mais ousadas correlações, desvelando-me tramas secretas e intrigas pitorescas que eu, sem saber nada a esse respeito, instintivamente sentia não dever levar a sério.

"Por exemplo, sabe qual a diferença entre os turcos e os japoneses? Nenhuma! Todos são altaicos. Só que estes viraram para a direita e os outros para a esquerda! De resto, ambos são inimigos históricos dos russos. Juntos teriam sido capazes de dominar a Ásia! O grande erro deles é que se escafederam. Um para cá, outro para lá, deixando atrás de si uma inconsistente esteira de povos dispersos e fracos. Ah, se os seljúcidas tivessem parado em Samarcanda! Hoje os eslavos estariam todos além dos Urais. E a Finlândia desceria até Moscou, que de resto era uma cidade fínica! Porque nós, finlandeses, também descendemos dos altaicos! Os eslavos é que nos separaram do nosso tronco originário nos forçando a migrar para o norte!"

O pastor não se limitava a me desvendar os caminhos tortuosos da gramática finlandesa. Falando uma língua toda sua, temperada por uma grande variedade de gestos e apoiada por imagens tiradas dos seus livros, ilustrava uma visão igualmente original do mundo. A ele também nosso encontro didático diário proporcionava um evidente prazer. Talvez porque antes da guerra tivesse sido professor, e agora custava a crer que tinha um aluno só para ele, uma escola só para ele. A sacristia nos fundos da igreja havia se tornado a academia pessoal do pastor, uma escola filosófica grega transferida para a neve, onde, em vez de se sentar à sombra de uma oliveira ou na escadaria de um templo, batiam-se os dentes por causa do frio e às vezes se podia enxergar a respiração.

Estas páginas são enriquecidas com desenhos a lápis, primitivos mas muito elaborados e ricos em detalhes. Constituem-se geralmente de paisagens, difíceis de identificar. Parecem retratar o hospital militar visto da rua. Numa é reconhecível a igreja do pátio. Outras descrevem cenas do Kalevala, *em parte copiadas das ilustrações do volume do pastor Koskela. No resto do manuscrito os desenhos se tornam cada vez mais raros, como se o autor, adquirindo progressivamente a capacidade de se expressar com as palavras, trocasse o lápis pela caneta-tinteiro. As páginas que seguem relatam uma das aulas de língua do pastor Koskela. Nunca antes disso ouvi alguém descrever com tanto afeto e eficácia a minha língua. Voltando à Finlândia depois de todos estes anos, achei-a um pouco diferente da que eu conhecia, mas intacta em seu caráter e em seus traços mais fortes. Fui a seu encontro como ao de um velho amor, com o temor de lamentar, revendo-a, o tempo e a dor despendidos por causa dela, ou, pior ainda, de me dar conta de que não valia tanto a pena. Em vez disso descobri com alívio que ainda estou apaixonado por esses sons abertos, por essas palavras corrompidas pelo gelo e pelo silêncio. Que ainda sou capaz de libertar minha boca do esgar áspero do alemão e deixar desabrochar nela as vogais doces e untuosas da minha língua. Uma língua aprendida não passa de uma máscara, uma identidade tomada por empréstimo. A gente deveria se aproximar dela com o devido distanciamento e jamais ceder ao engodo de se mimetizar, renegando os próprios sons para imitar outros. Quem se entrega a essa tentação corre o risco de perder sua memória, seu passado, sem receber outro em troca.*

Uma noite, depois da missa, o capelão Koskela pôs na estufa muito mais lenha do que era permitido e nela apoiou os pés. Fez sinal para que eu sentasse num banco junto dele.

"Era assim que os *runoilijat*, os antigos cantores do *Kalevala*, recitavam suas histórias. Um de frente para o outro e a *koskenkorva* no meio", começou a falar pondo no banco a garrafa do armário de maçanetas de vidro. E continuou:

"O canto é bonito quando termina rápido, é bom quando tem um fim justo. Melhor parar a tempo do que ser interrompidos em pleno canto, diziam. Você, que quer aprender finlandês, precisa saber disso, porque o finlandês é um canto único, incessante. O finlandês é uma língua que deveria ser somente cantada, essa é a sua verdadeira forma, a sua morfologia. Falá-lo é como fazer a versão em prosa de um poema. É para os selvagens que não sabem entender a poesia."

Falava, bebia e tornava a encher o copo. Olhava através dele, segurando-o entre dois dedos como a um frasco precioso. Às vezes parava, apertava meu braço com a mão e, se aproximando, pronunciava umas frases em voz baixa. Arregalando os olhos, olhava em volta, como se procurasse ver além das coisas aparentes, como se ouvisse os rumores de um mundo proibido para nós que estava apenas alguns milímetros fora da realidade. Eu não entendia todas as suas palavras, mas via que o pastor estava contente de falar, e isso me bastava. Também me deixava contente.

"Como tantos copos de vidro, as formas contêm o líquido das palavras que de outro modo escorreria, dispersando-se no silêncio. As formas de uma língua repercutem inevitavelmente em quem fala, plasmam sua fisionomia, suas casas, sua terra, sua comida. Um estrangeiro que aprende finlandês força seus traços somáticos, se afasta de si e corre o risco de não se reconhecer mais. Isso não ocorre estudando as outras línguas porque as outras línguas são apenas estruturas provisórias de significado. O finlandês não, não foi inventado. Os sons da nossa língua estavam à nossa volta, na natureza, no bosque, na ressaca do mar, na voz dos animais, no ruído da neve caindo. Nós apenas os recolhemos e pronunciamos. Quando Deus criou o homem, não se deu ao trabalho de mandar homens até cá em cima. De modo que tivemos de nos arranjar para sair sozinhos da matéria inerme. Sofremos para nos tornar vivos. Antes éramos árvores, lagos, rochedos, vento. Nos tornar homens por conta própria não foi brincadeira. O finlandês é uma língua maciça, um pouco abaulada dos lados, com cortes delgados na altura dos olhos, e assim são feitas as casas de Helsinque, os rostos da nossa gente. É uma língua de sons adocicados e macios, como a carne da perca e da truta que assamos no verão à beira dos lagos com o fundo coberto de algas vermelhas, como as casas de madeira dos caçadores, como as bagas que no verão sangram nos arbustos. A Finlândia é um osso de sépia, um grande seixo côncavo em cujo ventre arenoso as árvores crescem apressadas como mofo perfumado sob a luz interminável do norte. Mordiscada pelo gelo e desfeita em milhares de ilhotas, é essa a figura que está no mapa, ao lado da carnuda Rússia e da ossuda mas robusta Escandinávia. A Finlândia é aquilo que sobra de alguma coisa: tire os eslavos, os escandinavos, os ortodoxos, os católicos, o sal do mar, as bétulas das florestas, raspe algumas centenas de milhares de toneladas de granito, e o que resta é ela, a Finlândia. Se um dia você foi finlandês, você encontrará tudo isso dentro de si mais cedo ou mais tarde, porque essa coisa não está na memória, não pode se perder. Está no sangue, nas vísceras. Somos o que resta de uma coisa antiquíssima, uma coisa que é maior do que nós e não pertence a este mundo."

Assim como havia começado a falar, o pastor Koskela de repente se calou e se retraiu em seu assento. O silêncio de todos os bosques do norte caiu sobre a igreja. A estufa lançava clarões vermelhos que esculpiam o rosto do pastor além do escuro. Para lá dos vidros das lucarnas, a noite se adensava, estalando como gelo contra as paredes das casas. No banco à minha frente tinha se produzido novamente o milagre: a garrafa de *koskenkorva* ainda estava pela metade.

Tinham passado quase três meses da minha chegada a Helsinque e eu deixara de perguntar pelo dr. Lahtinen. O capelão também havia me dado a entender que era inútil procurar saber. Talvez tivesse sido transferido, talvez estivesse mesmo na Carélia, talvez estivesse morto. Talvez não existisse, eu continuava a pensar sem dizer. Em todo caso ninguém tinha tempo de procurá-lo. Sob os bombardeios daqueles dias, havia mais em que pensar no hospital. Os aviões russos chegavam de noite. Dava para ouvir seu ronco distante, a explosão das bombas que por erro soltavam também em Vuosaari. Toda incursão durava longas horas. As pessoas abandonavam a cidade ou procuravam refúgio nos abrigos. Mal terminava o uivo das sirenes, chegavam ao pátio as primeiras ambulâncias e, com elas, as primeiras notícias sobre os objetivos atingidos, sobre o número de mortos. "*Sata-*

ma, satama!" — o porto — era a palavra que eu ouvia se repetir todas as vezes. Era o coração da cidade que a aviação russa tinha como alvo, onde viviam as pessoas, onde ficava a carne humana a saltar pelos ares.

Naqueles dias a neve voltara a cair. Tinha se acomodado indiferente naquele cenário de morte, fazendo os finlandeses esperarem que o mau tempo impedisse os russos de atacar. Mas poucas noites depois uma lua radiosa surgiu do golfo iluminando a cidade como um farol. Onde caíam as bombas russas o manto branco se dilacerava deixando largas manchas de lama e pedras. Eu não dormia mais de noite. Deitado na cama, esperava o som das sirenes. Então procurava o pastor e nos uníamos às pessoas que se dirigiam em ordem para os abrigos. Às vezes ali também, à luz tênue da lâmpada que pendia do teto baixo, o capelão Koskela continuava suas lições de finlandês, que naquela atmosfera de medo assumiam uma tinta apocalíptica. Me dei conta de que ele não se dirigia somente a mim, mas falava a todos, em voz alta, para que as pessoas arrepiadas de frio que estavam perto de nós pudessem ouvir. Às vezes alguém, procurando desviar sua atenção das explosões que sacudiam o solo, se punha a ouvir com curiosidade as bizarras divagações daquele sacerdote metade sueco que tinha uma visão toda sua da língua e da história.

Dizia palavras para mim complicadas e ao mesmo tempo fascinantes, que me ligavam cada dia mais à minha nova (ou antiga?) identidade.

"O nome é a primeira coisa que se aprende de uma língua. Porque nomear significa aprender a conhecer. Por isso não se pode nomear o nome de Deus, porque seria muita presunção pretender conhecê-Lo. O nome é a noção de alguma coisa, serve para conhecê-la. Em finlandês 'conhecer' é *tietää*, e *tie* significa 'rua', 'via'. Porque para nós, finlandeses, o conhecimento é a via, o caminho que nos leva para fora do bosque, para a luz do sol, e quem nos tempos antigos sabia o caminho era o feiticeiro, o xamã, que se drogava com cogumelos alucinógenos e enxergava além do bosque, além da realidade. No fundo é verdade que o conhecimento não passa de uma via, e as vias possíveis são muitas. O nome, na língua finlandesa, é inapreensível, se esconde nas múltiplas declinações dos seus quinze casos e só raras vezes se deixa surpreender no nominativo. Porque o finlandês não gosta do conceito do sujeito que realiza a ação. Ninguém neste mundo realiza nada, tudo acontece por si mesmo porque deve acontecer e nós não passamos de uma das tantas coisas que podiam ter ocorrido. Na frase finlandesa as palavras se agrupam em torno do verbo como satélites em torno de um planeta e se torna sujeito aquilo que mais se aproxima do verbo. Nas línguas europeias a frase é uma linha reta. Em finlandês é um círculo dentro do qual acontece alguma coisa. Na nossa língua qualquer frase basta a si mesma, nas outras necessita de um discurso para existir, senão não quer dizer nada."

Era estranho. Nas aulas que me dava durante nossas permanências forçadas nos abrigos antiaéreos, o pastor não hesitava em se lançar em aventurosas indagações sobre as línguas e sobre os povos, sem medo de divulgar sua concepção pessoal do bem e do mal. Já as prédicas dos seus ofícios eram sempre muito contidas e dogmaticamente inatacáveis. Nelas ele não se aventurava a desviar o curso das migrações, nem seguia os xamãs nas florestas. Quando estava no altar, Koskela se transformava, voltava ao seio da sua igreja, e seus discursos não eram mais que recomendações didáticas, frases feitas, que ele se limitava a pronunciar com uma ponta de aborrecimento, como a parte mal decorada de uma comédia que não lhe agradava. Da sua personalidade exuberante restavam apenas os gestos largos e trágicos, aquele seu jeito de projetar as mãos para cima abrindo os dedos. Conservava, falando de Deus, a familiaridade que tinha ao tratar dos uralo-altaicos. Mas só quem, como eu, o conhecia bem podia se dar conta disso. Parecia sempre ter pressa de terminar, não porque o esperasse alguma outra incumbência, mas porque tudo para ele devia ser levado a cabo o mais rápido possível. Como se a vida fosse um depósito a ser esvaziado, um caminhão a ser descarregado, um trabalho penoso como tantos outros no movimento incessante do universo. Embora a guerra e a desolação cerrassem cada vez mais seus tentáculos sobre a cidade, passei horas serenas em companhia do capelão Koskela. Não sabíamos, mas aquele inverno interminável, isolando-nos do resto do mundo, nos protegia da dor. O mal, preso sob o gelo, não podia nada contra nós.

"Enquanto nevar, não se pode combater!", dizia o pastor resignado, olhando para fora da janela da sacristia. Por motivos diferentes, ambos esperávamos o degelo. Ele, porque talvez já soubesse da morte ao encontro da qual ia e, como a tudo, esperava-a com a impaciência de consumá-la. Eu, porque me iludia achando que na natureza teria despertado aquela parte de mim que levava morta em meu interior. Mal me via privado da companhia do pastor, reencontrava intacta a desolação que havia me acompanhado desde o meu despertar a bordo do *Tübingen*. Começava a ser capaz de me expressar, ainda que de uma maneira um tanto acidentada. Aprendia as palavras já declinadas, uma diferente para cada caso, e quando não sabia ligá-las me contentava em pronunciá-las de cambulhada, procurando suprir com a entonação e com o apoio dos gestos a falta de sintaxe. Não obstante, a língua finlandesa pouco a pouco cavava um leito para si nas areias instáveis da minha mente. Por ele corriam as palavras que eu havia domesticado e que lentamente me abriam ao significado de outras. Ramificando-se e juntando-se, faziam fluir os milhares de gotas de sons que formam uma língua, irrigavam e robusteciam minha compreensão, minha capacidade de perceber os limites de cada significado. Mas não se apagara a angústia de não saber nada do meu passado. Circulando por Helsinque, às vezes eu tinha a súbita sensação de uma lembrança. A vista que descobria ao dobrar uma esquina me parecia a de um trecho familiar, e então eu me punha a esquadrinhar cada metro da rua, a ver nas campainhas dos edifícios se não havia um Karjalainen entre os moradores. Sonhava que aquela em frente da qual estava era a minha casa, que lá em cima alguém me esperava olhando com saudade para uma velha foto enfiada no vidro da cristaleira. Eu e a Finlândia estávamos misturados mas não confundidos. Alguma coisa de mim permanecia impermeável a qualquer mistura, como se bem no fundo uma identidade sepulta se recusasse a ser aniquilada e lutasse furiosamente para vir à tona.

Essas são as páginas mais claras do memorial. É evidente a ajuda que o pastor Olof Koskela deve ter dado à composição dessas recordações, provavelmente postas no papel muito tempo depois da chegada do autor a Helsinque. Algumas frases trazem correções escritas por mão diferente, ou estão copiadas mais abaixo na forma correta. Os frequentes exercícios de flexão e de decomposição silábica dos substantivos subjetivos com gradação vocálica que entremeiam o texto revelam a assiduidade e a tenacidade com que o autor estudava a língua finlandesa, ao menos enquanto o pastor esteve a seu lado.

Dias atrás, a srta. Koivisto me propôs visitar o abrigo antiaéreo onde o pessoal do hospital se escondia durante os bombardeios. Eu também estava curioso por inspecionar outro lugar mencionado no manuscrito, na vaga esperança de encontrar algum vestígio do seu autor. Por uma abertura na rua descemos num espaço escuro, atravancado de caliça e vidros quebrados. Lá embaixo, erguendo por acaso a lanterna em direção à parede, iluminei nomes e escritos que mexeram com alguma coisa em meu ânimo. Senti o desejo instintivo de imergir o olhar na escuridão para não ver. Mas uma perturbação indistinta, que não conseguia emergir, me levava a ler uma a uma aquelas palavras, como se ocultassem um segredo. Foi subindo novamente a escada, à luz branca da rua, que a lembrança me veio, quando na outra calçada reconheci o quartel ao qual meu pai fora levado na noite em que o prenderam na universidade. Revi em minha mente o parlatório mal iluminado, os guardas em torno de toda a sala, as mesas de madeira cheias de palavras ferozes, recém-gravadas como feridas na madeira polida pelos punhos cerrados, e meu pai que olhava para mim sem falar, do lado de lá da tela. Procurava me tranquilizar com o olhar, mas a confiança artificial que mantinha acesa em seus olhos para infundi-la a mim de vez em quando se apagava, me deixando sozinho diante de todo o seu medo. Foi a última vez que o vi e, como se estivesse consciente disso, lembro quanto me obstinei em enfiar os dedos entre as malhas da tela para apertar mais uma vez sua mão.

Naquela época do ano, a noite caía cedo. A neve não bastava para clarear a cidade vazia e cercada de barreiras, onde todas as janelas estavam apagadas. Os monumentos, engaiolados com pranchas de madeira, pareciam obscuros tablados de uma religião esquecida. Os edifícios do centro estavam vazios, abandonados os ministérios e as repartições públicas, transferidos todos para algum subterrâneo fora da cidade. Sem ainda estar em guerra, Helsinque era uma cidade sitiada pela qual só circulavam passantes apressados e soldados embriagados. O medo do golfo gelado resvalava para dentro dela, vinha lamber suas ruas e suas praças. A morte chegava com os trens de refugiados e se propagava nos antros esfumaçados onde os poucos moradores que tinham permanecido se abrigavam. Falava-se febrilmente das últimas notícias da frente russa, do cerco de Leningrado, da ferrovia de Murmansk que ninguém decidia explodir. Alguém imprecava contra a guerra, o futuro se fechava por todos os lados, como o horizonte ao nosso redor. Todo dia parecia o último daquela época. Na sala de imprensa do hotel Kämp, muito mais que em qualquer outro lugar, era palpável essa atmosfera de juízo universal. Eu entrava no local esfumaçado e, sem conhecer ninguém, ia sentar numa poltrona do bar. Com a gramática que o pastor Koskela havia me emprestado, abria meu caderno e me punha a copiar palavras dos jornais, ao mesmo tempo que ouvia as conversas à minha volta. Quando aparecia algum militar de alta patente ou algum funcionário conhecido, formava-se de repente um aglomerado de jornalistas que gritavam perguntas folheando seus blocos de notas. Eu me metia entre eles, ouvia todas as perguntas como se fosse a que eu deveria ter feito e olhava o interrogado nos olhos enquanto ele respondia. Sem entender totalmente, ria das risadas dos repórteres e balançava a cabeça para compartilhar o desapontamento deles quando as respostas eram demasiado evasivas. Ofereciam-me cigarros e copos de conhaque, que eu aceitava sem agradecer, como uma coisa que me fosse devida. Quando a agitação se acalmava e todos voltavam a sentar, eu também me acomodava num sofá, abria o *Helsingin Sanomat* e fingia ler.

No hotel Kämp acabara por fazer amizade com um jornalista alemão. Mais que de amizade, tratava-se de conhecimento.

Nós nos cumprimentávamos e nos frequentávamos sem falar, como se entre nós não precisássemos dizer nada para nos entender. Pelas poucas palavras que havíamos conseguido trocar, ele devia ter imaginado de mim uma história toda sua. Eu sabia que ele era jornalista e que era alemão: me bastava. Ouvi-lo falar na sua língua, no telefone ou com algum diplomata, me lembrava das semanas passadas a bordo do *Tübingen*, daquele mar de um azul cru, tão diferente do deserto de gelo que se estendia diante de Helsinque, da luminosa vista de Trieste e das afetuosas atenções do dr. Friari. Pelo cansaço que toda tentativa de conversa nos custava, havíamos tacitamente decidido renunciar a qualquer aprofundamento da nossa amizade. De resto, naquela atmosfera de fim de mundo, nada parecia poder ter um futuro, e a amizade, assim como o amor, era um passatempo. Para mim, era sempre um alívio não ter de falar. Mas sua presença me tranquilizava, me aquecia. Fingia sentar por acaso ao lado dele. Com meu caderno de notas, o jornal e o lápis, também me agradava passar por jornalista. Mas era uma ficção que eu só recitava para mim. Ele me espiava com o rabo do olho e parecia ter compreendido tudo de mim. Uma noite tínhamos ficado em poucos no hall do Kämpa. Ele batia à máquina num canto afastado, ao lado do piano. Eu estava sentado numa poltrona procurando adiar para a última hora o momento de voltar para o hospital. Alterado pelo álcool e pelo excesso de cigarros, estava quase dormindo quando ouvi assobiarem uma música que já tinha ouvido. Sem me dar conta, comecei a cantar: "*Davanti un fiasco de vin, quel fiòl d'un can fa le feste, perché xe un can de Trieste e ghe piàsi el vin!*". Ele se virou curioso, exalando pelas narinas a fumaça do cigarro que acabava de apagar no cinzeiro. Ergui o copo vazio que ainda tinha na mão e recitei de novo aquela única estrofe de uma canção que ouvira tantas vezes nas cervejarias triestinas. Sorrindo estupefato, o jornalista me ofereceu um cigarro e exclamou alguma coisa em alemão. Dei de ombros, indicando a gravura de um navio pendurada na parede. Desde então passou a me chamar de "Trieste", e assim me apresentava a seus colegas. Tinha compreendido que eu não era jornalista, mas afora algumas vagas indagações sobre Trieste nunca me perguntou nada. Observava e respeitava o mistério do caderno em que me via anotar escrupulosamente as palavras que eu sublinhava no *Helsingin Sanomat*. Sem conseguir adivinhar o fio secreto que as unia, havia compreendido, porém, que não deviam ser umas palavras quaisquer. Vendo-me a maior parte das vezes vagar à toa, primeiro de vez em quando, depois com maior frequência, começou a me confiar tarefas de moço de recados. Remunerado com alguns marcos ou alguns cigarros, eu ia ao correio despachar telegramas, ao hotel Torni entregar mensagens ou comprar jornais. Fazia seus pedidos com uma eficacíssima série de gestos, misturada com um seu, muito seu, alemão internacional: "*Trieste, bitte, telegramm presto zum Post!*", me pedia sem tirar o cigarro da boca. Quando no início de junho partiu para o front, outros jornalistas contrataram meus préstimos. Assim, com o passar do tempo, no hotel Kämp, sem saberem nada de mim, todos me conheciam. O Kämp tinha se tornado minha segunda casa. Lá dentro minha angústia era mais leve e minha japona era apenas uma japona azul de marinheiro pendurada no cabide como tantas outras.

2. Nova gramática finlandesa

"Procuram gente para as fogueiras. É esta noite!" Embora só eu estivesse no dormitório, espichado na cama olhando para o teto, o pastor Koskela entrara na ponta dos pés e falara em voz baixa.

"Fogueiras?", perguntei.

"O Exército está preparando grandes pilhas de lenha ao norte da cidade. Esta noite, quando chegarem os bombardeiros russos, os nossos tocarão fogo nelas. Para enganá-los. Acreditarão ver Helsinque em chamas e despejarão lá suas bombas!", explicou tirando minha japona do prego e enfiando-a em mim.

Éramos muitos nos caminhões que se dirigiam de farol apagado para as florestas do interior, na pista de neve gelada. Fazia uma escuridão profunda. A neve não emitia nenhum reflexo. O céu escuro desabava em cima de nós. Paramos de repente numa mata fechada. Toda a coluna esperava em silêncio. Todos escrutavam o céu. Eu não conseguia distinguir nem mesmo a silhueta do pastor. Mas sentia que estava a meu lado. Reconhecia o cheiro inconfundível do seu capote. Recendia a cera e papel mofado, o mesmo odor que reinava na sacristia. Seguimos caminho e desembocamos numa vasta clareira, onde muitos homens já trabalhavam em torno de grandes pilhas de árvores cortadas. Havia alguns tratores e cavalos de tração. Os caminhões se dispuseram em círculo. Descemos e nos enfileiramos para receber machados e serras. Fomos divididos em grupos e a cada um desses grupos foi atribuída uma tarefa; trabalhei horas a fio sem falar, sem ver o rosto dos meus companheiros. Eu os reconhecia pelos movimentos, pela maneira de andar na neve. O pastor Koskela usava um boné com o protetor de orelhas desabotoado que esvoaçava toda vez que ele se movia, dando-lhe o aspecto de um dos feiticeiros do *Kalevala*, que ele me mostrava em seu livro ilustrado. Nosso grupo tinha sido encarregado de arrastar para céu aberto os troncos que outros soldados abatiam e limpavam grosseiramente na floresta. Nós os serrávamos em grandes toras, depois outro grupo vinha recolhê-las e as empilhava. O cansaço, o suor, toda a clareira repleta de sopros brancos, de corpos que trabalhavam em silêncio, me proporcionaram uma sensação de paz, de concórdia. Não estava mais sozinho, não era mais um estrangeiro. Estava entre a minha gente, trabalhava com eles para proteger a nossa terra. Era um sentimento forte. Sustentava o meu braço enquanto eu puxava a grossa lâmina dentada que se esfarelava dentro da polpa da madeira, como se ela também quisesse contribuir para aquele esforço unânime. O pastor Koskela deve ter percebido, porque se aproximou de mim batendo a mão em meu ombro. O protetor de orelhas esvoaçou e imaginei, sem vê-la, a expressão do seu rosto. Um assobio nos deteve. Os tratores desligaram o motor e todos nos refugiamos no bosque. Esperamos em silêncio. Logo ouvimos um ronco e pouco depois algumas explosões. Bombardeavam Helsinque. Foram gritadas algumas ordens. Saiu do bosque um caminhão-tanque que começou a regar as fogueiras com gasolina. Os caminhões se organizavam em fila para partir. Eu seguia o protetor de orelhas de Koskela. Encontrei-me de novo sentado a seu lado, ofegante e suado. Ninguém falava. Dos meus companheiros só ouvia a respiração. A coluna pôs-se em movimento. Antes que voltássemos para dentro do bosque, uma gigantesca labareda iluminou toda a clareira lançando-se alta para o céu. De repente, o rosto dos meus companheiros saltou para fora da escuridão, cada qual com seu medo e seu estupor.

Não tornamos a pegar a estrada para Helsinque, rumamos para sudoeste. No caminho, toda a coluna parou dentro dos bosques para esperar. Um sargento distribuiu cigarros. Fez passar também uma garrafa de *koskenkorva*. Muitos soldados tinham descido dos caminhões. Estavam de ouvidos atentos ao fragor das bombas, procurando imaginar onde caíam. De repente ouvimos um ronco se aproximando, cada vez mais distinto, cada vez mais forte. Os aviões russos estavam agora acima de nós. Parecia-nos distinguir a batida dos pistões, o farfalhar metálico das hélices. Algumas fortes explosões sacudiram o solo. Os soldados se agitavam, alguém corria ao longo da coluna procurando um oficial. Depois a notícia se espalhou.

"Funcionou!", gritou alguém.

"Urra!", respondemos todos.

Então do bosque negro se ergueu um canto. As vozes que antes prendíamos na garganta agora vibravam em palavras suaves e leves. Parecia que toda a Finlândia estava cantando, que de todos os bosques, de todos os lagos, de toda casa distante daquela terra exterminada se erguia o mesmo canto, delicado como um cristal. Submisso e doce, não se adequava àquela noite de guerra, mas cada vez mais sólido, cada vez mais seguro, inundava as florestas, penetrava em todos os lugares, em todos os corações. Às nossas costas o céu ardia, os bombardeiros russos passavam acima da nossa cabeça sem nos ver, e nós, boné na mão, ali, dentro do bosque, cantávamos. Cantávamos cada vez mais alto, mais alto que o barulho dos aviões, mais alto que o ronco dos caminhões que se punham de novo em movimento, e nossa voz se tornava grito, nosso canto se tornava urro de batalha. Agora uma marcha exaltante acompanhava o crepitar das bombas, e meus companheiros marcavam o ritmo batendo com as botas no chão. Não tínhamos mais medo de nos deixar surpreender pelos russos, ao contrário, queríamos que nos ouvissem, queríamos berrar na cara deles aquelas palavras repletas de força e de raiva. Não conhecia direito aquela canção, mas tentava captar e imitar seus sons. Abria a boca como para beber a música que chovia sobre mim e participar também eu da magia daquele ritmo. A melodia pulsava ao meu redor e nas minhas veias, e até as chamas ao longe pareciam acompanhar sua dança comovente.

Ao voltarmos para a cidade, raiava o dia. Soubemos que Kotka tinha sido atingida, mas que os danos a Helsinque não eram graves. Faltavam poucas horas para o serviço da manhã, e tanto eu como Koskela estávamos excitados demais para dormir. Refugiamo-nos na sacristia e nos demos ao luxo de queimar uns grossos pedaços de lenha. O pastor atiçava o fogo preparando o chá. Na sala havia se difundido um cheirinho gostoso de madeira.

"O fogo! O ferro e o fogo! São as duas únicas coisas que contam na guerra! E você, que se chama Sampo, sabe que nasceu do fogo? Sampo é uma palavra sagrada para os fínicos. Toda a história do *Kalevala* gira em torno do Sampo mágico. Ninguém pode dizer exatamente o que ele era, ninguém nunca o viu, porque foi destruído. Talvez fosse a pilastra que sustentava o mundo e que, desabando, nos separou para sempre do lugar de onde viemos. A lenda diz que o Sampo tem três tampas, feitas com a ponta de uma pena de cisne, o leite de uma vaca estéril, o floco de lã de uma ovelha prenhe e o grão de uma espiga de cevada. Somente Ilmarinen, o deus ferreiro que já havia forjado a abóbada celeste, as estrelas e os planetas, podia construí-lo. A rainha de Pohjola prometera sua filha em casamento a Väinämöinen, se ele lhe conseguisse o Sampo. O mago *runoilija* refletiu longamente sobre a proposta. A rainha de Pohjola era a poderosa senhora da terra dos gelos e várias vezes sua gente havia tentado invadir as férteis planícies de Kaleva. O casamento com a filha da sua eterna rival teria finalmente levado a paz aos dois povos. Além do mais, uma jovem princesa teria despertado seu velho sangue entorpecido pelos anos. O grande *runoilija* queria dar um futuro radiante a seu povo, e pelo bem deste estava disposto a renunciar ao Sampo. Väinämöinen encarrega portanto Ilmarinen de ir ao reino de Pohjola e prestar esse precioso serviço à rainha da terra dos gelos. O fiel Ilmarinen obedece às ordens do seu senhor. Chegando à corte de Pohjola, põe mãos à obra e, no primeiro dia, ao sopro do fole, emerge um arco de ouro com uma flecha de prata. Lindo, prodigioso, mas não era o que ele queria, e o ferreiro o devolve ao fogo. No dia seguinte será a vez de um barco todo vermelho com a popa de ouro e os toletes de cobre dos remos, mas dava para ver que também não era o Sampo. O ferreiro insiste e, depois de extrair da sua forja uma novilha com a testa salpicada de estrelas e o disco do sol na cabeça, mais um arado com relha de ouro, cabo de cobre e ponta de prata, finalmente, no quarto dia extrai o Sampo das chamas. Ilmarinen exulta. Põe ao lado do Sampo três moinhos, um para a farinha, um para o sal e um para cunhar moeda. O Sampo mágico, que dá a luz aos homens, foi criado. Como recompensa a senhora de Pohjola oferecerá a Ilmarinen, e não a Väinämöinen, sua esplêndida filha como esposa. Porque a poderosa senhora dos gelos tinha entendido já então que Väinämöinen era um homem do passado, de quando o mundo era feito de água e os homens eram peixes. O futuro estava no ferro, no fogo que o dissolvia e o transformava no Sampo mágico!"

"Ah, você sente a força, a verdade dessa história?", exclamou o pastor, servindo o chá.

Pegou a xícara com as mãos ainda vermelhas de frio. Eu havia entendido o essencial, embora boa parte do conto tivesse me escapado, principalmente aquelas palavras estranhas, aqueles objetos fantásticos que o pastor desenhava em vão com as mãos: eu nunca os tinha visto. Mas ficara encantado vendo os sons se modelarem na boca de Koskela, se transformarem em palavras e de súbito evaporarem. Quando não as podia entender, eu as ouvia como a uma música. Havia assistido fascinado à sua vida efêmera. Quantas palavras eram necessárias para dar vida a um homem!

Entretanto, fizera-se na igreja uma tepidez esfumaçada. Pendurados acima da estufa, o capote de Koskela e minha japona secavam exalando um cheiro de gasolina. Já sem se preocupar se eu entendia ou não, o pastor voltara a falar.

"Quando você puder ler o *Kalevala* será um verdadeiro finlandês, quando sua pele ficar arrepiada ao ouvir o ritmo dos seus cantos, então será de fato um dos nossos! Olhe!", acrescentou, abrindo na mesa o volume encadernado de couro negro. "Não são apenas palavras! É uma cosmogonia revelada, é a matemática que sustenta a criação! Nossa gramática é uma gramática logarítmica, que quanto mais você persegue mais te escapa por corredores infinitos de números, todos parecidos mas todos imperceptivelmente diferentes, como as fugas de Bach! O finlandês tem uma sintaxe árdua mas delicada: em vez de partir do centro das coisas, ele as circunda e envolve por fora. O resultado é que a frase finlandesa é um casulo fechado e impenetrável, em que o significado amadurece pouco a pouco e depois, de repente, sai voando, colorido e inapreensível, deixando sempre em quem não tem familiaridade com a nossa língua a sensação de não ter entendido. Por isso, quando os estrangeiros ouvem um finlandês falar, têm sempre a impressão de que alguma coisa voa da boca dele para fora. As palavras se abrem e se fecham ligeiras, esvoaçam no ar e se dispersam. É inútil tentar capturá-las. Porque o significado está no voo: é isso que se deve apreender, com os olhos, com os ouvidos. As mãos não servem. Essa é uma das coisas bonitas da língua finlandesa!"

Nas longas pausas com que entremeava seus discursos, Koskela de repente ficava imóvel, extasiado com seu próprio raciocínio. Isso me dava tempo de juntar as coisas esparsas que conseguia entender e fixá-las no papel. Sorvendo o chá, eu folheava as páginas do *Kalevala* e procurava as palavras que não conhecia mas que tinha ouvido na narrativa do pastor, para pedir explicações. Detinha-me longamente nas imagens. Notei que os sinais daquela língua antiga pareciam corresponder ao traço das figuras. Os heróis descabelados, desenhados a nanquim como se fossem esculpidos, podiam se expressar somente com as palavras que estavam ao seu redor. Sólidas e compactas, corriam pela página alinhadas em ordem geométrica que a rima alternada fortalecia ainda mais. Eu não lia mas via a rima, o bordado tranquilizador das três letras sempre iguais que prendiam os versos uns aos outros, como um prego de ferro.

O conhecimento pessoal que tenho do nosso poema épico nacional me permitiu reconstruir algumas partes ilegíveis do texto precedente. O autor escrevia provavelmente frases ditadas, tiradas

das aulas do pastor, que, às vezes, evidentemente arrebatado pelo ardor do discurso, devia falar num ritmo rápido demais para a incerta escrita do aluno. Quanto às densas reflexões linguísticas de Koskela, aqui e em outras partes, pude reconstruí-las graças às volumosas notas escritas no dorso das ilustrações do volume do Kalevala, que acompanhava este manuscrito. Guardadas num envelope colado na dobra da capa, entre imagens sacras e velhos selos russos, encontrei também verdadeiras dissertações teológicas do pastor, que inseri no manuscrito no ponto a que as anotações do autor me pareciam fazer referência. Gostaria de ter conhecido também o capelão militar Olof Koskela e de falar com ele sobre o Kalevala e sobre Deus. Muitas vezes suas reflexões me surpreendem: se em alguns pensamentos reconheço o sinal da sua formação religiosa, em outros encontro uma liberdade rara num pastor luterano. Não sei que idade teria, mas pela data da sua edição do Kalevala creio que era um pouco mais moço que meu pai. E então não posso deixar de me perguntar por onde andara no tempo da guerra civil. Sua aversão aos russos não diz tudo. Talvez Olof Koskela fosse na verdade um xamã. Certamente um dos poucos espíritos livres que restaram neste país.

As páginas que seguem relatam uma série de diálogos. Estão entre as mais indecifráveis do manuscrito, cheias de rasuras, erros de ortografia e de palavras declinadas no caso errado. Às vezes não fica claro quem está falando e com frequência as réplicas do interlocutor são incompletas, intercaladas de espaços vazios. Claramente, trata-se de uma parte do manuscrito que não foi submetida às correções do pastor Koskela. Só pude reconstituir esses diálogos graças ao auxílio da srta. Ilma Koivisto. Foi ela que os transcreveu. As descrições da paisagem e as reflexões do autor também são uma reconstrução. No texto do manuscrito, as divagações que introduzem e sucedem os diálogos são apenas esboçadas, assinaladas por fragmentos de frase, por palavras solitárias, pesadamente grafadas *ou sublinhadas. Como boias no mar da página, me indicaram os restos naufragados de conversas tidas com o autor a bordo do* Tübingen, *no outono de 1943. Incrustados de algas e moluscos, me voltaram assim pensamentos que me pertencem.*

Numa noite de fins de março saí do hospital, nevava forte. Caminhando mais depressa do que podia ao longo da Esplanadi, pareceu-me ouvir no turbilhão do vento a música de um piano. Vinha do hotel Kämp. Ao abrir a porta fui recebido pela acolhedora visão de um coral de enfermeiras uniformizadas que se exibia a uma plateia sentada em ordem e, coisa rara, silenciosa. Sacudindo a neve grudada em mim, tomei lugar nas últimas filas. A sala estava mais iluminada que de costume. Brilhavam nas mesas candelabros que eu nunca tinha visto. Aos pés do pequeno praticável ornamentado com um tapete vermelho trazendo o escudo das Lotta-Svärd estavam dispostas algumas plantas ornamentais. O piano fora levado para o meio da sala. Era tocado por um oficial do corpo dos guarda-fronteiras que trajava uma farda larga demais para ele. O público das primeiras fileiras se compunha em sua maioria de militares de uniforme de gala e embaixadores de fraque. Atrás deles, vinham os jornalistas mais um grupo de militares. Vestiam fardas num tom escuro de cinza, com insígnias que eu não conhecia, e tinham o rosto gretado dos soldados que voltavam do front. Sentei ao lado de um deles. Ele ouvia o coral como se ouve a missa, de cabeça baixa e mãos solidamente postas nos joelhos. Na nuca, entre os cabelos cortados bem rentes, emergia a mancha vermelha de uma cicatriz. A farda de tecido pesado exalava um cheiro de creolina que me lembrava as pilhas de cobertores da lavanderia. Ele se misturava a um perfume de sabonete. As botinas e o cinturão recendiam a cera recentemente aplicada. Os garçons serviam uma bebida quente, fortíssima. Servi-me a cada bandeja que passava e logo fiquei bêbado. Um calor alcoólico me invadiu, atenuando levemente a cor sinistra dos meus pensamentos. No hall apinhado, o espetáculo continuava. O silêncio que precedia cada número se tornava cada vez mais concentrado, cada vez mais solene. Tão imóvel que na sala se podiam ouvir as árvores da Esplanadi farfalhar ao vento. Eram notas doces as que as enfermeiras modulavam em suas vozes, diferentes dos ritmos marciais a que estava acostumado. Subiam ao longo de cativantes escalas harmônicas, depois desciam em geométricas volutas. No entanto, aqueles cantos pareciam infundir nos presentes o mesmo fervor patriótico de uma marcha militar. O último canto incendiou os soldados próximos a mim, eles explodiram num aplauso de alegria e medo. Não era um dos doces motivos populares de pouco antes, era uma marcha, um ritmo que todos reconheceram. Eu também já o tinha ouvido, não me lembrava onde. Às primeiras notas, alguém atirou o quepe para o alto, outros se abraçaram gritando palavras que não entendi, enfim se levantaram todos e segurando-se no ombro superpuseram suas vozes profundas à das enfermeiras. Reconheci então a música, lembrei-me de repente da noite das fogueiras, da estrada gelada e dos meus companheiros desconhecidos que cantavam no escuro. Talvez fossem eles os homens de quem eu só tinha visto as brasas dos cigarros na noite gelada. Os cheiros também haviam se tornado os mesmos: *koskenkorva*, tabaco, suor. Sem conhecer as palavras, eu também mexia os lábios imitando a boca de quem estava perto de mim, eu também aplaudia e me comprimia no círculo que se formara em torno dos soldados. Entre estes, alguns choravam. As enfermeiras no palco agora se calavam emocionadas e ouviam os soldados. Suando, cansadas, tinham os olhos úmidos, mas não se descontrolavam. Permaneciam em fila, mãos e pés juntos. Quando as vozes dos soldados cessaram, quando os aplausos também diminuíram, a sala voltou lentamente a ser como eu a conhecia. Enquanto as pessoas saíam silenciosas enfiando os capotes, os garçons arrumavam as cadeiras em volta das mesas e empurravam as poltronas para o seu lugar, junto das janelas. Depois de apertos de mão e saudações marciais, os soldados também pegaram os capotes e saíram. Eu os vi subir num caminhão militar que, manobrando diante do hotel, havia iluminado com seus faróis toda a sala. Os militares de uniforme de gala e os embaixadores se refugiaram nas limusines à sua espera e foram embora. Sentados às mesas no fundo da sala, os jornalistas haviam reiniciado suas costumeiras conversas de estratégia militar. Alguém terminava sua cerveja apoiado no banco do bar. Reapareceram os copinhos de *koskenkorva* e os cinzeiros de todo dia. Algumas enfermeiras ficaram. Sentavam-se em companhia de algum oficial a uma mesa um pouco apartada, onde em lugar de *koskenkorva* era servido chá com docinhos. Conversavam em voz baixa e catavam as migalhas na toalha.

Eu tinha sentado na primeira poltrona livre que encontrara perto da janela e contemplava o brilho da neve do lado de fora. A repentina calma depois da exaltação daqueles cantos havia me entristecido. Ter estado em companhia daqueles soldados, ter me embebido da sua comoção, me fazia sentir agora ainda mais sozinho. O costumeiro zum-zum do hotel Kämp já não bastava para manter distante a minha ansiedade sem trégua. Avistei meu amigo jornalista, de pé no meio do grupo de seus colegas. Numa língua que eu não conhecia, expunha com fervor sua convicção enquanto outra voz o contrariava. Eu não sentia vontade de me meter no torvelinho das habituais discussões de jornalistas, de fingir compreender frases que permaneciam obscuras. Perseguir cada som até não conseguir colocá-lo junto de outro que já conhecia para poder entendê-lo. Pareceu-me que nunca mais teria força para fazer isso. Sentia um desejo irresistível de me render ao silêncio e à solidão, de deixar que fizessem de mim o que bem entendessem, que me enterrassem lentamente, me fazendo morrer sem dor, como eu tinha sentido que acontecia com os soldados que adormeciam na neve. Dobrando a japona para arrumá-la nos joelhos, vi surgir a etiqueta com o nome "Sampo Karjalainen". Enfiei distraidamente o dedo nela. Era uma tira de pano presa por quatro costuras de algodão preto, sólidas como os pontos de sutura de um ferimento. Comandavam sozinhas toda a minha vida. Tudo o que eu era estava naquelas dezesseis letras. Talvez aquela marcha militar é que tenha feito minha mente voltar aos dias de Trieste, àqueles soldados amedrontados, tão parecidos com meus companheiros do *Tübingen* e com aqueles outros do bosque. Não me esquecera das palavras do dr. Friari. Desde a minha chegada a Helsinque, seus conselhos tinham sido minha regra de vida e tinham me feito bem. No início pareciam funcionar. Como ele me sugerira, eu tinha me aplicado com tenacidade e método ao estudo do finlandês, tinha me deixado penetrar pela convicção de que aquela era a minha terra, a minha gente, que assim soava a minha língua. Nos momentos de angústia, quando eram negros todos os meus pensamentos, eu permanecera encolhido junto daquela pequena chama de esperança e, assim, tinha me salvado. Nos raros dias claros, guiado pelo pastor Koskela, tinha ido à ponta de Katajanokka assistir ao espetáculo da alvorada e havia imaginado que num dia assim eu devia ter nascido. Não era difícil se deixar conduzir pelo desejo de que todos devemos pertencer a alguma coisa. Mas o meu pertencimento a essa nova identidade continuava sendo artificial.

Ela precisava ser refeita cada dia. Mal se apagava a consciência, mal relaxava a vigília da mente, os progressos realizados evaporavam. Se as palavras ficavam, se se arraigava e se fortalecia o conhecimento da língua, nada restava da minha convicção de pertencer àquele lugar. Eu não conseguia extinguir a desconfiança de correr como um doido pelo caminho errado. Nas mais recônditas pregas do inconsciente jamais se atenuava a sensação de que dentro do meu cérebro pulsava outro, enterrado vivo. Dei de pensar que talvez aquela atitude vigilante, aquela incapacidade de mergulhar de olhos fechados na minha nova vida decorriam de uma única mas grave falta. Uma só das recomendações do dr. Friari eu não havia conseguido cumprir. A busca da paixão, a entrega. Dentro de mim, um abismo feito de pedras permanecia impenetrável. Eu o sentia debaixo da pele como se fosse possível tocá-lo. Era a matriz do meu novo ser. Abri-lo, oferecê-lo a alguém significava pôr em perigo o pouco que eu tinha construído, correr o risco de apagar e dispersar as dezesseis letras do meu nome. Eu, que ainda não sabia quem era, como já podia me abandonar? A quem podia ter confiança de me oferecer?

Estava assim, atravessado por meus pensamentos, inclinado sobre meu volume de pano azul, olhando para a frente sem enxergar, quando uma figura conhecida tomou forma naquela inconsciência áquea da minha vista. Reconheci o passo, hesitando primeiro com a perna direita, o corpo e o pescoço ligeiramente esticados para a frente, quase me pedindo licença para entrar em meus pensamentos. Era a enfermeira que tinha me recebido no dia da minha chegada ao hospital, a que havia me apresentado a Koskela e que depois eu não tornara a ver.

"Boa noite! É o senhor mesmo? De longe eu não estava segura", exclamou avançando timidamente. Procurava sorrir.

"Boa noite!", eu disse, me levantando. Não sabia se apertava sua mão e ela não sabia se a estendia. Acabamos trocando uma espécie de curvatura. Minha cabeça girava e eu provavelmente cambaleava pelo excesso de álcool. Ela deve ter percebido e manifestou um composto embaraço.

"Onde esteve esse tempo todo?", perguntei confuso.

"Fomos mobilizadas e enviadas a Mikkeli. Devíamos ir para

outro lugar, mas os bombardeios nos retiveram lá. Agora estamos de partida para Viipuri. Amanhã de manhã, num trem militar. Temos de reorganizar o centro de pronto atendimento e... Oh! Desculpe... que boba!, não lembrava que... esqueci..." Pôs-se a falar lentamente, pronunciando cada letra até a beira da seguinte:

"Mikkeli é uma cidade, uma cidade importante, cidade grande, e... estávamos nessa cidade, mas..."

Utilizava as mãos para descrever a cidade de Mikkeli. Interrompi-a sorrindo:

"Não se preocupe, estou bem melhor com o finlandês agora. Falo mal, pessimamente aliás, mas entendo muito mais."

Anuiu, surpresa.

"É mesmo, parabéns! Não tinha me dado conta! Pegou até um pequeno sotaque de Helsinque!" Apertava as mãozinhas uma na outra, procurando outra coisa para falar.

"E o senhor, sempre no dormitório?" A emoção de pouco antes tinha lhe deixado um leve rubor nas faces. Enquanto falava, arranjava uma mecha de cabelo que não queria ficar sob a touca e caía de volta sobre os olhos.

"Sempre lá. Leito número 6, aquele perto da janela!", respondi com uma sonoridade falsa na voz. Revia os seis leitos brancos no piso de ladrilhos vermelhos, como seis túmulos cobertos de neve.

Dirigiu-me um olhar entristecido, como se também se sentisse responsável pela minha sorte. Seus olhos verdes tinham se nublado levemente de cinza. Sua voz também tinha se tornado sombria quando me perguntou:

"O dr. Lahtinen ainda não voltou?"

Na sua pergunta intuí outra.

"Não. Dizem que está em Petsamo agora", respondi do fundo da garganta.

"Talvez não possa voltar. As comunicações são difíceis, tem

os bombardeios...", procurou me explicar, sem nem mesmo ela acreditar.

"É. Talvez não volte mais!", repliquei com um sorriso amargo. Mas tinha vontade de falar de outra coisa. Ou talvez não tivesse mais nenhuma vontade de falar. Estava me esforçando para ser sociável e senti certo cansaço. Gostaria de encontrar uma rápida escapatória para aquele encontro, mas uma estranha obstinação me levava a continuar.

"Por que não sentamos?", propus, indicando uma mesa.

"Com prazer", ela respondeu com uma voz indiferente, sem se mexer. Estava de novo enrubescida e olhava para os sapatos de modo que eu não percebesse seu rubor. Tive a impressão de que se arrependia de ter vindo me cumprimentar.

Era uma moça miúda, de aspecto frágil. Diferente da maioria das enfermeiras, que tinham a corpulência e a aparência de donas de casa. Tirou a touca e dobrou-a no colo, arrumando os cabelos com a mão. A cor cambiante dos seus olhos dava a seu rosto um aspecto mutável, ora de moça tímida, que eu não imaginava às voltas com a carne dilacerada pelas bombas, ora de mulher madura, acostumada com a visão da dor. Lá fora o vento tinha se acalmado e os flocos de neve caíam leves nas janelas, colando na teia que o gelo havia tecido nos vidros. Aquele véu cândido, aquecido pelo brilho amarelo das velas, dava uma sensação de paz à qual era fácil se abandonar.

"Que lindas vozes!", eu disse, acenando para as suas colegas.

"Obrigada! O senhor é muito amável. Mas o mérito é principalmente da música", respondeu. Notei que seu olhar vagava inquieto em busca de um lugar onde pousar. Quando cruzava com o meu, o voo dos seus olhos se agitava, se atrapalhava como o de um inseto atemorizado. Eu também procurava ao meu redor, pensando no que podia fazer para deixá-la à vontade. Agora desejava que ela ficasse. Gostaria de poder afastar com as mãos seu embaraço.

"É bonito cantar. Os pulmões se enchem de ar, o sangue corre mais veloz e o cérebro também. É assim que as músicas tristes se tornam alegres!", eu disse empolado, tropeçando em cada palavra. Mas não tinha certeza de que ela houvesse entendido, devido à confusão que faço com frequência entre *surullinen* e *iloinen*, "triste" e "alegre".

"O canto é a mais natural das músicas. A mais antiga!", replicou com voz distante. Pensei nas minhas noites solitárias de Trieste, quando, para ter alguma palavra a pôr na cabeça para quebrar o desgastante vaivém dos pensamentos, repetia sem entender as estrofes de canções ouvidas nos bares. Agora eu tinha uma companhia, uma pessoa a conhecer, uma amizade a cultivar. Mas me custava livrar-me do rude abraço da minha solidão.

"O senhor canta?", perguntou mais animada.

"Canto. Mas como as crianças, para me encorajar quando tenho medo."

"E quando tem medo?"

"Com frequência. Principalmente quando estou sozinho, quando há silêncio demais. Tenho sempre o temor de que seja definitivo."

Sorriu com as minhas palavras. Via-se que tinham lhe agradado. Para ocupar as mãos ela se pusera a atormentar um canto da touca. Enrolava-o, depois o via se desenrolar.

"O silêncio também é música. No colégio, nossa professora de canto dizia que o silêncio na música é como o branco na aquarela. Não é uma cor, mas serve para pintar. O silêncio é o que permanece em torno das manchas dos sons, e toda pintura..."

Meus olhos estavam postos nela, mas eu não a via. Meu pensamento perseguia a si mesmo em vão, sem se alcançar. Ela deixou a voz se extinguir e olhou para mim hesitante, novamente incomodada.

"É muito complicado o que eu digo? Desculpe... É que o senhor fala tão bem que esqueço que..."

"Não, não", eu a interrompi, "não se preocupe, eu entendo. Não entendo tudo, mas entendo. E se não entendo, invento por conta própria o que quero entender."

Então ela riu, e sua risada foi como um fósforo no quarto escuro da minha memória. Tive a impressão de me lembrar de uma risada idêntica. Só a impressão.

Continuei:

"É bonita a imagem da sua professora de canto. Quem sabe também os quadros podem soar como sinfonias e nós ainda não sabemos!"

"Suas palavras também são bonitas", respondeu. E continuou:

"Agora que a conhece melhor, qual a coisa de que mais gosta em nossa língua?"

"A coisa de que mais gosto?"

"Sim, uma palavra, uma frase..."

"Bem, sei que vai lhe parecer estranho, mas gosto do abessivo!", respondi hesitante.

"Do abessivo? Mas é um caso, uma declinação!", ela rebateu divertida.

"Sim, a declinação das coisas que faltam: *koskenkorvatta, toivotta*, sem *koskenkorva* como sem esperança, ambas se declinam no abessivo. É lindo, é poesia! E também muito útil, porque em geral nos faltam mais coisas do que temos. Todas as palavras belas deste mundo deviam ser declinadas no abessivo!"

Deu uma gargalhada, pondo a mão na frente da boca. Mas não adiantou, porque a alegria a inundou até os olhos. Eu saboreava o sucesso da minha tirada, conquistado por um novo calor.

Lancei um olhar para fora da janela. Os jornalistas que não estavam hospedados no Kämp começavam a ir embora. Vi-os caminhar pela neve, envoltos no vapor branco da sua respiração. Falavam em voz alta e batiam os braços no corpo para se aquecer. Naquela hora eu também costumava voltar para o hospital. Tornei a pensar no meu quarto vazio e frio.

"Que foi?", perguntou alarmada, notando minha súbita consternação.

"Nada, nada", tranquilizei-a, balançando a cabeça. "Falávamos da música!"

Sossegou.

"Sim, a música! Mas que música lhe agrada mais?"

"Oh, não sou um entendido. Gosto das músicas fáceis. Dos cantos de há pouco gostei muito do último."

"A *Porilaisten marssi*? '*Pojat kansan urhokkaan*'? É uma marcha de guerra!"

"Pode ser. Mas o público gostou muito. A música é alegre."

"A música sim, a letra não!" Ela se divertia. E fazia rolinhos cada vez maiores na sua touca.

"O que diz?"

"Fala de pátria, de sangue e de gente disposta a morrer", explicou com uma voz grave.

"Pode me ensinar?"

"Tem muitas mais bonitas!", protestou.

"Mas é essa que eu quero!", insisti. "Se falar lentamente posso copiar as palavras." Mostrei o caderno no bolso e acrescentei: "Vou aprendê-la e cantá-la quando fizer silêncio demais em torno de mim".

Ela sorriu. Seus olhos agora exprimiam ternura. Deixou a touca cair no colo e apoiou as mãos abertas na mesa. As unhas eram curtíssimas, roídas nos mindinhos.

"Como queira!", concordou, correndo os olhos à sua volta, como para certificar-se de que ninguém estava nos observando.

"Ainda não lhe perguntei como se chama", eu disse abrindo meu caderno.

"Ilma", respondeu com um fio de voz. "Quer dizer 'ar'", acrescentou.

"Ar?", repeti divertido.

"Sim, como o que a gente respira. Ou também o tempo que está fazendo", explicou. E de novo apertou os dedos para escondê-los.

"E quando faz mau tempo, pode-se dizer que faz má Ilma?" Nunca ninguém devia ter lhe dito isso.

"Por que não!", riu surpresa. "Mas o nome Ilma quer dizer principalmente 'liberdade'. Porque deixa a gente livre para ser o que quiser, para ir onde quiser. Como o ar. Era o que meu pai me dizia. Quem se chama Eeva ou Helena ou Noora tem um nome que foi de tantas outras pessoas, que recende a mofo. Já Ilma é sempre novo, sempre puro."

Eu não havia compreendido a última frase. Vira a frase sair da sua boca, seguira brevemente seu som. Depois, sem me dar conta, meu olhar tinha se aventurado no dela. Senti então os músculos do rosto se afrouxarem. Tudo dentro de mim cedia.

Copiei as palavras da *Porilaisten marssi* quase sem entendê-las, como se fosse a fórmula secreta de um encanto, e por isso me pareceu ainda mais mágica. Eu me perguntava quais, de todas as palavras que havia reforçado a lápis no caderno, eram as que pouco antes tinham feito os soldados chorar. Que eram palavras marciais, saltava à vista. Havia palavras longas, cheias de vogais repetidas, com o trema de capacete e o agá a tiracolo. Outras, brevíssimas, truncadas por um apóstrofo, agitavam seu coto diante da linha vazia. Algumas maiúsculas indicavam lugares de batalhas famosas que eu não soube reconhecer. Reconheci a palavra que indica a bandeira, e era verdade que tremulava estalando entre os lábios.

"Agora precisa cantá-la!", sugeriu Ilma, movida por um novo entusiasmo. Estava com os cotovelos apoiados na mesa e as mãos desajeitadamente entrelaçadas.

"Gostaria de cantá-la com a senhora", eu disse timidamente.

"A passo de marcha e até raiar o dia?", ela perguntou com uma voz subitamente brincalhona. "Até raiar o dia!", respondi me levantando para enfiar a japona. Inebriado por uma euforia que nunca havia sentido, deixava as palavras saírem da minha boca sem verificar suas consequências. No entanto, me dava conta de quanto me levavam longe.

O rosto de Ilma havia se iluminado. As sardas miúdas que tinha nas faces e nos pômulos pareciam mais intensas, mais quentes. Seus olhos me pareceram de repente desnudos. Então um estranho pudor me levou a desviar o olhar, fixado nela. Tive a súbita certeza de não querer o que estava acontecendo.

"Me espere lá fora", ela me disse empurrando a cadeira. Pelo vidro gelado da janela a vi chegar à mesa das colegas, onde sua silhueta se confundiu com as outras. Na rua silenciosa o frio pungente me despertou. Então senti um absurdo mal-estar e o desejo de fugir, de mergulhar de novo na minha solidão, dolorosa e confortável como uma doença que não mata. Só o pensamento de criar entre mim e aquela mulher o mais vago laço me fazia perder o fôlego. Como eu pudera me deixar cair numa tentação semelhante? Com certeza era culpa do álcool. Meu estômago se estreitava cada vez mais à ideia de me encontrar junto daquela desconhecida que teria pretendido de mim calor e atenção. Teria de me interessar por outra existência e por suas baixezas, me esforçar para experimentar curiosidade por uma vida estranha a mim, dividir minha angústia com outra pessoa e consentir em baixar meu olhar até o seu. E principalmente ouvir, ouvir a história de outro ser e compartilhá-la, me debruçar sobre os seus sentimentos, ser levado a dores não minhas que, no entanto, teria de consolar, ter todos os dias aquele rosto diante de mim me pedindo compreensão, ajuda, piedade, me prometendo alegrias que não desejo, afeto que me indispõe. Ver meu tempo passar dentro do dela, meu tédio se esconder no dela, reconhecer seu cheiro nas minhas roupas e sua silhueta ao longo da rua, dormir na sua cama e acordar primeiro todas as manhãs, sozinho na luz cinzenta, e esperar que começasse outro dia interminável a passar junto dela, a cavar com as mãos para fora do silêncio e a levar no coração até a noite, até o momento em que a escuridão voltaria a inundar a minha e a sua solidão. Repugnava-me, repugnava-me a vida e a obstinação com que todas as pessoas ao meu redor insistem em conservá-la, renascendo debaixo dos escombros, reconstruindo sem parar o que as bombas destruíam, possuídas por aquela inextinguível vontade de renascer, que é a maldição, a danação da espécie humana. Eu sentia que minha aspiração instintiva era atravessar sem me sujar a vida que me restara, com o mínimo dano e o mínimo envolvimento. Porque vida não era mais, e sim um resto, uma sobra catada na rua. Reencontrar meu passado era impossível. Buscar um futuro era um esforço gigantesco. O dr. Friari tinha razão: a língua é mãe, e pela mãe se vem a este mundo. Mas eu havia perdido as duas para sempre. Para mim, qualquer renascer estava excluído. A coisa mais certa que eu podia fazer era viver aquele resto de vida como se fuma um resto de cigarro, com a pressa de acabá-lo, já procurando com os olhos onde jogar a guimba. Decidido a não dar seguimento àquela perigosa ligação, já ia andando rumo à escuridão da Esplanadi, quando Ilma se aproximou de mim. Apoiou o braço na minha japona azul e eu instintivamente o apertei.

Havia parado de nevar. Vinha do mar um vento diferente, menos frio. Recendia a algas, mas também a resina. Como se, chegando de alto-mar, antes de alcançar a cidade tivesse se perdido nos bosques, impregnando-se de cheiros terrestres. A Esplanadi estava toda coberta de neve. Só as duas fileiras de árvores desfolhadas deixavam adivinhar seu traçado.

Desembocamos na Mannerheimintie deserta e escura, dominada pelas silhuetas sombrias dos edifícios. Muitos ainda estavam com as janelas protegidas por faixas coladas. Cruzamos com um pequeno grupo de soldados que por sorte virou de repente na Aleksanterinkatu. Quem sabe tinham acabado de sair do Capitol. Falavam em voz alta e caminhavam apressados. Aquele barulho nos irritou. Mas logo se afastaram e à nossa volta se fez de novo o silêncio da grande avenida, marcada pelos sulcos das rodas na neve imunda. Pegamos o Bulevardi e tomamos a direção do mar. Ilma caminhava sem falar, mas eu sentia o movimento de seus pensamentos. Talvez ela preparasse as palavras. Olhei para o céu, para lá do emaranhado dos galhos desfolhados. Havia uma luminosidade diferente. Lá no alto o vento devia soprar. Rajadas batiam nas árvores fazendo cair a neve dos galhos. Eu via as nuvens se esfiaparem e branquearem à luz pálida das estrelas, distantes demais para emocionar.

"Agora podemos cantar!", sussurrou Ilma.

No escuro eu não distinguia seu rosto e senti alívio ao pensar que ela também não podia enxergar o meu. Cantando, andávamos mais lépidos, entre montes de escombros cobertos de neve, pela via sem luz que nosso canto de repente animava. A cidade jazia imóvel ao nosso redor, encolhida como um animal acossado. Nossas vozes, irreais e insolentes, batiam contra as paredes dos edifícios e caíam de volta sobre nós, despedaçadas. Logo meu fôlego diminuiu, pela caminhada e pelo canto. Mas quanto mais eu cantava, mais a cabeça se esvaziava. No fim de cada estrofe, Ilma me lembrava as palavras daquela que vinha em seguida antes de entoá-la. Eu a seguia como melhor podia e me parecia caminhar rumo ao front, rumo às baterias russas escondidas detrás do horizonte. Ou rumo ao campo de batalha que eu mesmo havia me tornado. Ouvindo-me tropeçar em alguma palavra complicada, Ilma ria, apertava meu braço com mais força, e por aquele braço eu me sentia agarrado à vida que eu tinha decidido suportar. Quantas vezes a vi correr a meus pés sem encontrar coragem de pular dentro dela, de patinhar nela eu também. Agora me deixava levar, no canto e ao longo da via, longe da solidão, longe do silêncio, longe de mim.

Paramos à beira da baía de Hietalahti. No silêncio, ouvíamos as árvores destilar gotas pesadas, e eu também era gota, eu também era árvore. Era neve e não tinha mais medo de me dissolver, de escorrer pelos riachos até o mar e me misturar ao fermento inexorável das coisas que se transformam sem cessar e nunca morrem. Pela primeira vez havia encontrado a coragem de passar por cima da minha consciência assediada e me misturar a alguém que não fosse eu. Havia descido na lama da vida. Meus pés provavam sua desagradável consistência. A consciência daquela promiscuidade me tornava ao mesmo tempo eufórico e assustado. Eu tinha me tornado vulnerável. Nada protegia mais minha frágil memória crescida em estufa, entre mil precauções. Agora, parasitas e fungos podiam atacar e destruir em pouco tempo o que me custara tanta dor fazer crescer. Agora que vivia, também poderia morrer. Aquela porta escancarada diante de mim me intimidava. Entrar queria dizer mergulhar na vida, deixar que toda célula se misturasse com milhões de outras, se tornasse parte daquele desordenado fervilhar de organismos que é a existência, em que o indivíduo é insignificante e a vida e a morte não passam de momentos, passagens para outro lugar, para um ponto do universo em que tudo se precipita e desaparece. Por um lado me inebriava aquela nova sensação de abandono e pertencimento, por outro me amedrontava a ideia de perder o controle da minha individualidade. Lamentei não poder recomeçar a noite a partir do momento em que entrara no gélido hotel Kämp e fora me sentar entre os soldados de uniformes desconhecidos.

"Começa o degelo", disse Ilma apurando o ouvido. Virou o rosto, piscou os olhos e acrescentou: "O vento mudou, percebeu? Está vindo do mar".

Olhamos os dois para a massa escura da cidade atrás de nós, depois nos viramos para a branca extensão do mar.

"Quer dizer que não vai mais nevar?", perguntei.

"Vai chover. Vai chover muito. Tudo vai virar lama."

"Mas as árvores botarão folhas."

"Vai levar tempo para isso. Aqui a primavera é a pior estação. Terra e céu se embebem de toda a lama que a chuva dispersa. Até as gaivotas se sujam indo ciscar imundices nas poças. O que no inverno morre só na primavera apodrece, porque o gelo conserva por longos meses o que está morto. Dos bosques virá o cheiro de madeira podre, de animais mortos, de água estagnada. Nos campos de batalha também é assim. Muitas mães só então vão chorar. Só então a terra será bastante mole para se cavarem covas. O verão também nos serve para isso, para nos libertar dos mortos."

Diante de nós o gelo rachava, gotejavam as árvores e as nuvens se esfiapavam na escuridão do céu, percorrido por uma ventania apenas perceptível na terra. Ilma se calou e soltou meu braço, virando-se para o mar. Agora eu sentia o cheiro de seus cabelos. Recendiam a laquê e a fumaça. Recendiam a vida. Senti o desejo de pegá-la pelos ombros, de apertar nos braços aquele ser feito como eu. Mas alguma coisa me reteve. As nossas solidões, tão parecidas, tão próximas, se tocavam mas não se misturavam, como duas gotas de líquidos diferentes. Continuamos a caminhar ao longo da baía, na direção do Kaivopuisto. Um pedaço informe de lua havia despontado de uma faixa de nuvens amontoadas no horizonte. A luz radiosa caiu sobre as coisas, feriu a paisagem como uma rajada de metralhadora. Sombras densas como asfalto jorraram das árvores contra as paredes dos edifícios, cavaram na neve fendas escuras de meter medo. Quanto mais nos aproximávamos da colina do parque de Kaivopuisto, mais as casas rareavam. Ilma ia alguns passos à minha frente, como se tivesse pressa de chegar.

"Quero lhe mostrar um segredo", disse.

Caminhava rápido pela ladeira virando-se de quando em quando para trás. Eu ouvia sua respiração e o baque molhado de nossos passos na neve. As mechas de cabelo agitadas pelo vento volta e meia cobriam seu rosto como grampos compridos. Cansava-me acompanhá-la e de vez em quando parava para tomar fôlego. No seu entusiasmo, na precisão dos seus movimentos, intuí algo de premeditado. Parou num vasto gramado de neve intacta, à beira de uma descida ao pé da qual corria uma ruela de cascalho.

"Olhe!", exclamou ofegante, apontando para uma árvore contorta e nodosa. Observei a planta majestosa, apesar de desfolhada, que a algumas dezenas de centímetros se bifurcava em dois troncos. Um crescia reto, o outro se dobrava para o lado um par de metros antes de subir, formando assim um comprido banco. Ilma foi sentar-se, limpando um resto de neve da casca lisa. A figura monstruosa que se projetava na neve como um animal pré-histórico me amedrontou.

"É a árvore mágica. A árvore das belas recordações! Estão ligadas a ela todas as belas coisas que aconteceram comigo nesta cidade! Claro, coberta de folhas é mais alegre. É nas noites de verão que vale a pena vir aqui. Quando a luminosidade é vermelha, o ar, tenso como a vela de um barco. Então sua magia se libera. Quer que explique como funciona?"

Fiz que sim e fui sentar no tronco ao lado dela.

"Quando encontro uma pessoa com quem me sinto bem, trago-a aqui, fico falando com ela, deixo que a árvore absorva um pouco da minha memória e da memória dessa pessoa, e a magia se faz. Depois, toda vez que volto aqui a recordação se reaviva. Aquele momento, aquela pessoa são meus para sempre, estão aqui, dentro da árvore mágica!"

"E tem uma árvore das recordações em todos os lugares aonde você vai?"

"Não, só aqui."

"Por que só aqui?"

"Porque na vida a gente tem direito a apenas uma árvore das recordações. Senão seria fácil demais, e as pessoas viveriam correndo de uma árvore a outra para nunca se esquecerem de nada, para não deixarem escapar nada da sua memória. Nada mais seria esquecido e as recordações não existiriam mais."

"Mas sem as recordações também não existiria a saudade", objetei.

"Não. Mas então quem suportaria viver? No fundo vivemos na esperança de que a recordação volte. Que se revele presságio."

Calei por um bom tempo. Ouvia o frêmito dos galhos, o assobio do vento. Gostaria de tê-los deixado falar em meu lugar, porque não tinha mais nada para dizer. Em vez disso voltei à carga.

"Por que quer se lembrar de mim?"

Senti um doloroso prazer em pronunciar essas palavras. Não procurei mitigar seu sentido com o tom da voz. No turbilhão de pensamentos ruidosos que haviam penetrado na minha mente aquela noite, reconheci a fisionomia da minha solidão. Ela era meu carrasco e minha razão de viver. Ela me chamava. Eu tinha de ir. Ilma baixou a cabeça. Havia compreendido.

"Para não perder esta noite, para não a deixar cair no escuro das coisas passadas", respondeu com amargor.

"Espera então que esta noite volte? Que seja o presságio de outra coisa?"

Minha pergunta era mal construída, juntada apressadamente sem costurar as palavras. Ilma refletiu um instante antes de entendê-la.

"Ainda não sei. Não tenho coragem de esperar nada. Me contento em guardar coisas a esperar! O tempo dirá quais devo continuar a esperar e quais devo abandonar", replicou, ainda se esforçando para sorrir. Mas o vinco da sua boca tinha sumido.

Eu não havia compreendido a resposta, mas não pedi explicações. Não me interessavam mais. Ilma se calou por um momento. Ofegava. Talvez engolisse o pranto.

"O senhor não espera nada? Não anseia nada?", ainda conseguiu perguntar, fazendo força para empurrar a voz para fora da garganta.

"Sim. Anseio encontrar em alguém a recordação de mim. Alguém que possa me contar pelo menos um só dia do meu passado. Uma tarde de verão de quando eu era criança, um passeio, minhas brincadeiras. Será que brinquei? Será que também corri chutando uma bola na poeira de um quintal?"

Havia falado com arrebatamento, quase com raiva. A noite muda engoliu indiferente minha invectiva.

"Mas talvez me engane", concluí amargamente. "Talvez não seja isso que eu deva procurar."

"Amanhã isso já será uma recordação, um pequeno tesouro", disse Ilma após um longo suspiro. Eu a repelia e ela ainda procurava me consolar.

"Para conservar uma recordação é preciso ter onde guardá-la", repliquei asperamente.

"Poderá colá-la no álbum da sua memória junto com a *Porilaisten marssi*. Noite com Ilma, poderia ser o título!"

Seu sorriso forçado me irritou.

"Não tenho memória, não tenho passado. Meu álbum de lembranças mal começa e já acabou", protestei.

"E alguém por acaso se importa com o começo das histórias? É para saber o fim que, quando criança, a gente fica acordado até tarde, com o livro escondido debaixo do lençol, encolhido junto da vela, se arrepiando com os barulhos desconhecidos que toda casa faz à noite."

Ela se pusera a falar com uma alegria artificial. Sua voz chamejava, mas logo se apagava no silêncio. Ela havia respondido a todas as minhas réplicas com as palavras mais bonitas que podia encontrar. Eu, por minha vez, havia lançado em sua face as mais cruéis. Com seu silêncio parecia me perguntar por quê. Ficamos longamente calados e sentimos que, por menor que ele fosse, nada mais poderia preencher o vazio que permanecia aberto entre nós. Nós o levaríamos dentro de nós para sempre, até o fim dos tempos. Por causa daqueles poucos instantes errados, as contas dos nossos sentimentos nunca mais fechariam. Sempre haveria um resto, um adiantamento, uns trocados impossíveis de gastar. Eu havia procurado o afeto daquela mulher, eu o havia deixado correr até mim, e depois o repelira. Sem razão, pelo sutil prazer que sentia em desiludi-la e em demonstrar a mim mesmo que toda tentativa de romper minha solidão era inútil. Eu me comprazia com meu tormento, na ilusão de combatê-lo servia a ele. Minha memória perdida se tornara o álibi que justificava toda renúncia a viver. Ao luar nossos rostos tinham se tornado visíveis. Mas cada um de nós olhava para a frente. Como na baía a nossos pés, dentro de mim o gelo tinha se fechado.

"Escrevo quando estiver em Viipuri", disse Ilma, agarrando-se com as palavras à sua voz.

"E o que me escreverá?"

"Recordações!", respondeu. E riu forte, como se me censurasse.

"Promete que me responderá?", acrescentou.

"Prometo", murmurei.

Tínhamos voltado para a Mannerheimintie. Íamos cansados, em silêncio, um ao lado do outro, cabeça baixa. Uma faixa de mar distante e cinzenta assinalava o início de uma laboriosa alvorada. A luz filtraria lentamente pelas malhas estreitas do céu, embeberia com sua claridade a neve que sobrara, a terra suja. Na esplanada à nossa frente, trens negros como serpentes rastejavam na neve, se desfaziam e se recompunham soprando vapor. Um assobio rouco rasgou o silêncio. As luzes da estação se aproximavam, um motor ou outro passava ao longe. De repente, Ilma me pegou novamente pelo braço e entoou a *Porilaisten marssi* colando as palavras de tanta emoção. Para não a deixar sozinha, procurei unir-me a ela, cobrir sua voz com a minha. Mas minha cabeça estava pesada e todas as palavras tinham subitamente se tornado difíceis. Diante do edifício dos Correios, um senhor de idade do outro lado da rua parou para nos ver. Trajava roupas elegantes e um gorro de pele. Tirou as luvas e se pôs a aplaudir, pendurando a bengala no antebraço. O eco do seu aplauso solitário ressoava no edifício dos Correios. O silêncio o amplificava enchendo a praça com a tristeza marcial que anuncia a derrota. Acompanhou-nos até debaixo dos lampadários que as colossais estátuas da fachada da estação apertavam em suas mãos de bronze. O trem para Viipuri já estava na plataforma. À sua volta fervilhava uma grande animação. Uma multidão de soldados de uniforme novo e capacetes brilhantes subiam nele em bando batendo os coturnos no chão. Pequenos grupos de enfermeiras aglomeradas em torno das suas bagagens se buscavam e se chamavam com sinais de mão. Um alto-falante anunciava nomes e destinos. Para não vê-la aparecer numa janela do trem, me despedi de Ilma antes que ela subisse. No meio da turba da plataforma tirei apressadamente as luvas, peguei sua mão e apertei-a com força. Depois escapei sem me virar.

A *Porilaisten marssi* é mesmo um canto de guerra e de bandeiras que se desfraldam nos campos de batalha. Cantarolei-a de novo, sozinho, à vista da baía gelada, no Kaivopuisto coberto de neve, imóvel ao lado da árvore das recordações. Cantei-a alto debaixo das cobertas frias até que álcool e cansaço vencessem a minha angústia.

Aqui o manuscrito fica estranhamente vazio: traz apenas algumas frases descosturadas, o endereço da srta. Koivisto em Viipuri e a letra da Porilaisten marssi, *que senti que devia inserir nestas páginas. Não somente por rigor documental, mas pelo que significa também para mim: exílio, perigoso fascínio, absurdo da guerra, derrota pessoal. Colado no verso da página do caderno, encontrei o programa do concerto beneficente de 24 de março de 1944 dado pelo coral das Lotta-Svärd no hotel Kämp. Além da* Porilaisten marssi, *o repertório se compusera das seguintes obras:* Oi kallis Suomenmaa, Jääkärimarssi, Isänmaalle, Suomalainen rukous, Laps' Suomen, Siniristilippumme, Terve suomeni maa, Vala, Olet maamme armahin Suomenmaa. *O pianista da farda larga demais era o sargento Veijo Vihanta, do corpo dos guarda-fronteiras. Os soldados desconhecidos faziam parte da brigada careliana. Ela foi dizimada no lago Ladoga no mês de junho de 1944.*

Depois de ler estas páginas, também fui à árvore das belas recordações. E também encontrei as minhas. Criança, eu ia brincar ali perto, no pequeno bosque próximo ao Observatório. Depois da escola, minha mãe me acompanhava ao parque com uma amiga e ficava conversando enquanto eu mergulhava em minhas brincadeiras. Na esplanada junto do porto, eu construía mundos de aventuras me escondendo atrás das cercas vivas. Dali espiava o guarda do parque, que no verão sentava num banquinho para comer os arenques do seu almoço. Tirava o quepe com viseira de couro brilhante que eu invejava tanto e dispunha num guardanapo a garrafa térmica do café, o saco com os arenques e um cone de frutas silvestres. Eu sonhava que ele era um viking feroz que acabara de desembarcar para saquear a cidade. Eu o prenderia e arrastaria acorrentado até o palácio presidencial, como os escravos de Sigtuna nas ilustrações coloridas do meu livro de leitura. Depois ia correndo pôr a pique as naus inimigas ancoradas no porto. Mas ao pé da colina encontrava minha mãe que me puxava por um braço, zangada porque fazia tempo que estava me chamando. Meus enamoramentos, no entanto, ocorreram em outra parte, nas ruas atrás do Pohjoissatama, entre Kruununhaka e Tervasaari, onde eu me escondia nos portões, jamais cansado de apertar um corpo que de tanto abraço me dava a ilusão de fazer entrar no meu. Mas não fui até lá. Quero que desses lugares permaneça intacta a lembrança ainda conservada, abrandada pelo tempo, expurgada de toda dor. E menos mau que um dia a memória se retire também dessas imagens, deixando-as esmaecer no esquecimento. Nisso, compartilho o pensamento da srta. Koivisto. Nunca esquecer nada seria insuportável.

Porilaisten marssi

Pojat kansan urhokkaan,
mi Puolan, Lützin, Leipzingin
ja Narvan mailla vertaan vuoti,
viel'on Suomi voimissaan,
voi vainolaisen hurmehella peittää maan.

Pois, pois, rauhan toimi jää,

jo tulta kohta kalpa lyö
ja vinkuen taas lentää luoti.
Joukkoon kaikki yhtykää,
meit'entisajan sankarhenget tervehtää.

Kauniina väikkyy muisto urhojemme,
kuolossa mekin vasta kalpenemme.
Eespäin rohkeasti vaan,
ei kunniaansa myö
sun poikas milloinkaan!

Uljaana taistolippu liehu,
voitosta voittohon
sä vielä meitä vie!
Eespäin nyt kaikki, taisto alkakaa,
saa sankareita vielä nähdä Suomenmaa!

Apesar da proximidade da nossa relação, o pastor Koskela nunca tinha me interrogado explicitamente sobre o meu acidente, nunca havia feito alusão ao meu breve passado, que ele, no entanto, conhecia, porque eu sabia que tinha lido a carta do dr. Friari. Ela fora conservada no arquivo da recepção, na pasta cinzenta, sempre sem nome. Koskela procurava mostrar a maior naturalidade possível comigo. Mas não conseguia me tratar como alguém da sua gente. Minha história era obscura demais, insólita demais minha condição. Assim, acabou me tratando como uma espécie de aprendiz de finlandês a quem ele era convocado a dar um curso acelerado de finlandesidade. Com pedagógica obstinação, era para as coisas simples de todo dia que ele procurava atrair meu pensamento. Tentava me mostrar que o prosaico presente em que se debatia minha mente privada de ânimo é tudo o que o homem tem de certo. Mas ele mesmo não tinha muita convicção sobre o que pregava. Porque o seu presente também era um presente sem futuro. O pastor cumpria penosamente cada dia seu de trabalho, como se fosse o último a viver e tudo tivesse sido racionalmente predisposto à morte. Provavelmente, nas suas verdadeiras intenções, Olof Koskela queria de fato me ajudar a encontrar o elã necessário para eu me arranjar sozinho um dia e impedir que eu me encerrasse naquele surdo desespero que é a antecâmara da loucura. Mas seu cinismo espontâneo vazava por toda parte. A falta de amargor, que o pastor me impunha como exercício espiritual, misturada à sua cega espera de um fim, transformava minha existência numa corrida para o nada. Cada hora passada com o capelão militar era intensa demais, densa demais de reflexões e estímulos para que houvesse espaço para o tormento. Não havia espaço para dúvidas no pedaço de pensamento que eu confiara ao pastor. Não havia espaço para nada. Sem me dar conta, eu caminhava a seu lado acompanhando-o rumo ao seu fim.

Naquele dia viera sentar à minha frente no refeitório. Nunca o tinha visto comer no refeitório. Creio que consumia suas refeições na mesa da sacristia. Sem dizer nada, se pusera a sorver a sopa com a sua costumeira, metódica pressa. Quando bateu o prato de metal e terminou o último naco de pão, empurrou-o para longe de si e ergueu o olhar.

"O gelo está se dissolvendo! Os alemães estão em Uhtua!", exclamou circunspecto como se me revelasse um segredo. Olhei para ele com um ar interrogativo.

"Logo, logo vai ser de novo nossa vez!", acrescentou arregalando os olhos. "E então deveremos fazer como o grande *runoilija*, como Väinämöinen: encontrar as palavras justas para quebrar o encanto. Porque no fundo nós, finlandeses, é sempre a mesma guerra que combatemos desde que nascemos, a que travamos tanto tempo atrás com a senhora de Pohjola, a rainha das trevas. Falar, cantar mais alto que os outros. Você que estuda nossa língua deve saber disso. Cantar é *laulua*, que também quer dizer 'encantar'. Mas 'cantar' e 'encantar' para os antigos poetas fínicos era a mesma coisa. Porque quem sabia cantar também sabia encantar com a magia da palavra. Não é por acaso que o *Kalevala* começa com um duelo de cantores, os *runoilijat*. Joukahainen, ingênuo e presunçoso, ousa desafiar o velho Väinämöinen no canto mágico e este o derrota, o cala com sua arte, enfia-lhe tamancos de pedra nos pés, calças de madeira nos flancos, uma maça no peito, montes de calhaus nas costas, luvas de pedra nas mãos, um capuz de granito na cabeça. Assim diz o *Kalevala*. Eis o que pode fazer a magia do canto. Mas só quem tem familiaridade com o poder da palavra pode se arriscar a recorrer à sua magia!"

O refeitório estava se esvaziando. Tênues raios de sol atravessavam as altas janelas lançando uma luz mansa na fumaça arroxeada dos cigarros que um ou outro soldado se demorava a fumar. Nas fatias de ar dourado fervilhavam nuvens de poeira. Algumas enfermeiras já começavam a lavar o chão. Arrastavam pesados baldes de água fumegante e afundavam neles panos ensaboados. O barulho metálico que faziam no assoalho volta e meia encobria as palavras de Koskela, que elevava a voz aborrecido. Quando o discurso se tornava difícil, o pastor tinha a clarividência de repetir e decompor as frases mais complicadas para me fazer compreendê-lo. Mas, tomado pelo costume, havia terminado por usar essa precaução indistintamente, toda vez que me dirigia a palavra. Era o que também fazia naquele dia na sala do refeitório, sem se preocupar com as enfermeiras, que viravam discretamente a cabeça para observá-lo, lançando olhares curiosos umas às outras.

* * *

"Väinämöinen era acima de tudo um xamã, um bruxo. E os xamãs se drogavam! Sim, com os cogumelos venenosos que só eles sabiam onde apanhar nos bosques. Proporcionavam um êxtase que os apartava deste mundo. Afastavam-se de si mesmos, pairavam fora da realidade onde descobriam sinais, recebiam revelações, receitas para curar doenças, fórmulas para espantar os animais ou para proteger dos ferimentos. Abria-se para eles o mundo das visões, do além, do sonho. O maior de todos os xamãs é o gigante Antero Vipunen. A tal ponto se afastou do seu corpo que não conseguiu mais tornar a entrar nele. Suas palavras foram tão poderosas que alteraram o curso da natureza. Ainda hoje sua alma vaga ao redor do emaranhado de espinheiros em que seu corpo abandonado se transformou, na vã tentativa de retornar. E é a Antero Vipunen que Väinämöinen vai perguntar as três palavras que lhe faltavam para completar seu barco mágico, aquele que o levará à terra de Pohjola. No mundo primitivo tudo era novo e desmedido, inclusive a dor. Por isso os heróis do *Kalevala*, quando sofrem, podem quebrar os gelos eternos com um pontapé, pôr abaixo uma floresta inteira com uma só machadada, fazer as cegonhas migrarem com um grito. Por isso ainda hoje nós, finlandeses, somos capazes de suportar tudo infinitamente. Logo os russos atacarão. E então será necessária toda a força que temos, toda a nossa capacidade de suportar, todas as palavras de Antero Vipunen para detê-los. Do Leste nunca chegou nada de bom aqui. Só invasões. Em vagas incontidas, os eslavos periodicamente devastam nosso país. A guerra contra eles só terminará quando houverem nos exterminado ou escorraçado. Porque por um incidente da história viemos nos fixar bem no caminho deles. Ah, se os turcos houvessem parado em Samarcanda!", disse ainda o capelão, lançando com raiva o braço para o ar.

As vassouras das enfermeiras já varriam nossos pés. O pavimento fumegava com a água fervendo. Na grande sala, o cheiro de amoníaco havia superado o da sopa de nabo. Eu pensava no gigante Antero Vipunen, encerrado fora de si mesmo, e me sentia um pouco como ele. Não tinha entendido a história do barco mágico, mas era complicado demais perguntar. Perguntei, no entanto, o que queria dizer a palavra "kattohaikarat". Koskela se levantou com um movimento imitando uma grande ave de bico comprido e asas abertas. As enfermeiras olharam para ele com uma careta.

"Hoje, nada de lições. Estou esperando visitas", acrescentou bruscamente. Em seus olhos, agora estranhamente velados, um brilho tinha se acendido. Peguei minha japona no cabide e também saí pelo corredor, depois para o pátio, poucos passos atrás dele. Como sempre, também naquela noite eu não havia dormido muito e pensava ir me deitar no dormitório. Mas vi Koskela entrar na igreja e o segui maquinalmente. Mal deu tempo de eu ouvir a chave girar na porta da sacristia. Naquele dia descobri que o capelão militar Olof Koskela se drogava. Vi pela janela da sacristia. Sentado diante da mesa vazia, enfiou debaixo da língua uma pitada de um pó esverdeado, quase um mofo, que havia tirado de uma pequena tabaqueira de bolso. Depois apoiou firmemente os cotovelos, abriu os dedos sobre os veios da madeira que se confundiam com os das suas mãos e permaneceu imóvel por um tempo interminável, olhos fixos na parede em frente, como se visse alguma coisa. Alguma coisa infinitamente minúscula, ou grande como toda a parede, que só pudesse distinguir daquela distância. Quando ela se manifestava, os traços do pastor mudavam, seu rosto se transformava numa máscara de órbitas vazias e boca aberta. Não era mais um homem aquele ser sentado na sala despojada. Era um totem de coriácea pele de madeira. Ao fazer essa descoberta, de início me senti traído. Tive a sensação de que também o pastor me abandonava. Sua força espiritual, que fora para mim luz e conforto, naquele dia me apareceu como uma exaltação química equivalente às minhas esbórnias de *koskenkorva*. Mas esse sentimento durou pouco. Preferi pensar que, como Antero Vipunen, o pastor entrava no inconsciente em busca da palavra justa, da resposta a toda dor. Descobrindo-o tão vulnerável assim, eu o senti mais próximo. Dei-me conta de que sua dureza exterior não era voltada para quem estava perto dele, mas para si mesmo. Ela lhe servia para impedir que saísse o magma instável que fervia dentro dele. A ordem que punha em seus dias era uma punição que ele se infligia pelas excessivas divagações do seu espírito. O metódico rigor que aplicava às suas ocupações cotidianas era uma proteção contra o irracional em que se aventurava periodicamente. Desse modo achei mais compreensíveis suas fixações. Eu sabia que por detrás da obstinação com que toda noite queria ver arrumados os missais, limpos os castiçais, apontados os lápis e guardados os números dourados dos salmos estava o medo das forças obscuras que ele próprio desencadeava dentro de si. Além do mais, pensava eu, quem sabe perscrutando seus mundos narcóticos não acabaria encontrando também algum vestígio do meu passado.

Depois da partida de Ilma minha vida voltou à sua precária normalidade. Eu engolia os dias de um só fôlego, como os copos de *koskenkorva*. Voltara também a frequentar assiduamente o hotel Kämp e retomara minhas tarefas de faz-tudo. Às vezes acompanhava meu amigo em suas incursões pela cidade e seus arredores, em companhia de um excêntrico embaixador, amigo seu. Visitamos aldeias destruídas e campos de prisioneiros abandonados. Como Ilma tinha previsto, tudo afundava num atoleiro amarelado. As estradas eram canais barrentos onde nosso carro derrapava respingando lama. A natureza demorava a despertar. Nos campos, as árvores nuas pareciam mortas para sempre. As barracas dos refugiados acrescentavam outra desolação à paisagem. Não adiantara para ninguém os dias terem ficado mais longos. Semanas a fio o céu permaneceu baixo e fumacento, tão próximo da terra que chegava a também se encharcar de lama. No tempo que não conseguia ocupar de outra maneira, eu andava pela cidade visitando todos os Karjalainen que havia encontrado na lista telefônica. Na maioria das vezes batia em portas que ninguém abria. Entrava em vestíbulos escuros onde surpreendia velhotas imóveis sentadas junto à janela, ou famílias amedrontadas que olhavam alarmadas para mim, temendo a chegada de más notícias. Subi escadas de edifícios desertos, repeti meu nome para rostos indiferentes. Fui desencavar pequenos universos empoeirados, de gente que vivia enterrada em sua casa, entre uma cama, uma mesa e o caixote de batatas coberto com um pedaço de pano. Vinham a meu encontro corpos flácidos cujos movimentos de réptil traíam uma prolongada reclusão, olhares ausentes, vozes abafadas. Respondiam com palavras incompreensíveis às minhas perguntas e me repetiam palavras idênticas quando, balançando a cabeça, eu dizia não ter entendido.

Uma tarde no fim de abril fui até os novos quarteirões de Vallila. Ali, além da ferrovia, as ruas sem casas se perdiam nos prados. Era um dia morno e ventoso. O céu estava cortado por estrias brancas. Fazia dias que não chovia, e o vento havia acabado por enxugar a crosta da lama. Os caminhos de terra seca no meio dos campos pareciam cobras petrificadas. Um ou outro caminhão militar se aventurava por eles, levantando uma nuvem de poeira que ardia ao longe. Eu ia pela Teollisuuskatu procurando o número 456. Encontrei-o quase no fim, perto dos galpões de tijolo da ferrovia. Era um grande edifício moderno, com sacadas de pedra e janelas pequenas. Um gramado separava a rua da porta de entrada do prédio. Entrei num pátio interno coberto de cascalho para o qual davam janelas fechadas. Contra uma parede, ao longo da calçada, um homem de cabelos ruivos consertava uma moto. Tinha disposto as ferramentas em cima de um trapo. Ajoelhado no chão, examinava a engrenagem aberta.

"Desculpe, estou procurando a família Karjalainen. Heikki Karjalainen", eu disse.

"Segundo andar", respondeu o homem apontando para uma escada. Subindo, ouvi meus passos ribombarem em todo o pátio. Acima de uma porta pintada de marrom, li a tabuleta que trazia gravado "H. Karjalainen". Parei para escutar. Um cheiro de porão bolorento vinha de baixo. Em algum lugar um rádio falava. Apertei a campainha de latão. A porta se abriu e apareceu um senhor de idade.

"O que deseja?"

"Sr. Karjalainen?"

"Sim?"

"Preciso falar com o senhor. Posso entrar?"

O homem olhou para mim por cima dos óculos. Hesitou um instante antes de me deixar passar. Entrei na penumbra de uma salinha pobre. A única janela dava para o pátio. Num sofá de estofado liso, notei um jornal amarrotado e um cobertor. A parede em frente à janela era ocupada por um aparador escuro no qual tiquetaqueava um relógio ornado com cervos.

"Se é sobre Sampo, já sabemos de tudo", sussurrou o velho.

"Sampo?" Estremeci. Só então percebi num canto da sala uma mesinha repleta de imagens sacras e iluminada por uma vela. Na luz trêmula vi o retrato com uma faixa de luto de um marinheiro de uniforme. Peguei a foto e aproximei-a da janela. A japona era idêntica à minha. A mesma gola, mas os botões eram de metal. O velho me seguia arrastando os chinelos pelo cômodo.

"O subtenente Manner já veio. Disse que foi no dia 23 de agosto."

Eu olhava obstinado para aquele rosto, buscando alguma semelhança comigo. Os olhos, a boca, os cabelos. Podia ser eu?

"No dia 23 de agosto", repeti distraído.

"É, no dia em que eu e minha mulher fomos comer no Kappeli para festejar nosso aniversário de casamento. Lembro muito bem. Não deveríamos ter ido. Tinha pressentido isso ao entrar no ônibus aquela noite. Alguma coisa não batia, destoava. No sol vermelho sobre o mar, em nossas sombras compridas no cascalho da praça. Quando a gente tem um filho na guerra não vai ao restaurante. Comíamos salmão ao forno e arroz-doce enquanto nosso filho morria. E quando o filho morre, o que estão fazendo um pai e uma mãe neste mundo?"

O velho deixou aquela pergunta suspensa no silêncio pesado da sala. Ele olhava para a janela e a luz pálida do pátio se refletia nos óculos grossos. Suas órbitas detrás das lentes pareciam répteis em frascos de formol.

"Leena enlouqueceu naquele dia", cochichou, apontando para a porta entreaberta do quarto contíguo. "É como um desses soldados que pulam numa mina e saem ilesos. Já vi casos assim, sabe? Ficam sentados, imóveis. Parecem pessoas sadias, como eu, como o senhor. Mas não veem e não ouvem, morreram mas ainda se movem!"

Eu olhava à minha volta agitado, escrutando a sala, o aparador, o sofá, a mesa de mármore, em busca de alguma coisa familiar.

"E Sampo? O que aconteceu com Sampo?", perguntei.

"O subtenente disse que aconteceu num segundo. Um torpedo. O *Riilahti* adernou, pegou fogo e afundou. Morreram todos. Mas Sampo não foi encontrado."

"Não foi encontrado?", perguntei bruscamente. Notando

minha inquietação, o velho me fitou pela primeira vez direto nos olhos.

"O senhor o conhecia? Era seu camarada?"

"Eu... eu me chamo Sampo Karjalainen!", exclamei apertando o retrato do marinheiro com as duas mãos.

Naquele momento um grito rompeu o silêncio da casa. Uma senhora de penhoar apareceu na porta da sala. Avançava para nós arregalando os olhos e gritando: "Sampo! Sampo!". Recuei assustado para o outro lado da mesa.

"Leena! Calma, Leena!", repetia o velho com uma voz terna, procurando conter a senhora que por fim se deixou cair no sofá. Olhava amedrontada para mim e choramingava.

"Leena! O que passa pela sua cabeça! Este senhor é amável, veio nos visitar!" Virou-se novamente para mim e, puxando uma cadeira da mesa, me disse:

"Sente-se, não fique aí em pé! Mas que coisa, ainda não o fiz sentar! Sabe, nunca recebemos visitas. A gente perde o costume. Mas agora vamos fazer um chá! Hein, Leena? Vamos oferecer uma boa xícara de chá para este senhor. Uma xícara de chá, é isso que convém", disse o velho, abrindo o aparador e pondo na mesa de qualquer jeito xícaras e bule.

"Falaremos de Sampo. O senhor nos contará", acrescentou e, sem parar de falar, foi para a cozinha onde o ouvi riscar um fósforo.

"Sampo gostava de tomar chá conosco quando voltava do trabalho. Ah, aquele rapaz estava sempre alegre! Sentava exatamente onde o senhor está sentado agora e nos contava as últimas novidades."

Pregado no meu lugar, não conseguia desviar os olhos da velha. Balançando a cabeça, ela me fitava. Sem pronunciá-lo, continuava repetindo o mesmo nome. Eu o lia nos lábios que se abriam e fechavam sem parar.

"Depois se lavava, pegava a moto e ia à cidade. Comprou-a com sua poupança, sabe? Uma moto alemã, coisa boa! Era sua única paixão. Agora a vendemos para um vizinho. O que íamos fazer com uma moto?"

O velho voltou com o bule fumegante na mão e pousou-o na mesa. O vapor fervente se espalhou pela sala dissolvendo odores ressecados de sopas velhas, de cigarros esquecidos numa borda envernizada.

"Era torneiro mecânico, sabe? E tinha arranjado um bom emprego. Bem pertinho daqui, na Abloy, aquela das fechaduras."

Peguei distraidamente a xícara e a apoiei ao lado da foto de Sampo Karjalainen, que o velho havia deixado na mesa.

"Mas sua paixão era a moto. Era só ter um tempinho que descia para lustrá-la. Nas noites de verão levava-a para o gramado aqui em frente e ficava ouvindo o motor, olhando a fumaça azul que saía do escapamento. Depois partia, e a gente não o via mais! Não é, Leena?"

O velho tinha sentado no sofá ao lado da esposa segurando a xícara fumegante. Mexia lentamente e dava para a mulher, que engolia com os lábios entreabertos e, mal a boca ficava livre, retomava seu incessante balbucio.

"Leena também toma o chá conosco. Não é, Leena? Como nos tempos de Sampo, em que ele nos fazia rir. Nos fazia rir, Sampo! Contava histórias de seus amigos da fábrica, aqueles dois irmãos, lembra?"

No silêncio entre as frases interrompidas do velho aflorava o tique-taque do relógio no aparador. Subia do pátio o ronco da moto que não partia.

"Só Sampo sabia fazer aquela moto cantar! Não é, Leena?"

Tomava conta de mim uma ânsia de vômito, uma súbita necessidade de ar livre, de luz.

"Agora tenho de ir embora!", exclamei empurrando a xícara para longe. Retrocedi até a porta e segurei a maçaneta.

Arrastando os chinelos, o velho me alcançara. Mas não procurou me reter. Apertava os olhos detrás das lentes e falava fixando o olhar num ponto vazio do corredor.

"Cuidado com a moto, Sampo. Não corra, não volte tarde demais. E não beba tanto, Sampo! É perigoso!"

Saí sem fechar a porta e desci correndo a escada. Na calçada, o homem de cabelos ruivos insistia em apertar o pedal da moto. A engrenagem girava, o motor troava brevemente, depois morria. Um raio de sol entrando pela porta do prédio iluminou a poeira e a fumaça arroxeada que estagnava a meia altura na clausura do pátio. Voltei à rua arejada, ao sol morno que se punha e saí correndo sem parar até estar bem distante, no meio dos escombros de uma fábrica bombardeada. Parei ali, sentei numa mureta, semicerrei os olhos e respirei, respirei até a cabeça começar a girar.

No pé desta página foram transcritos em letras de imprensa, num boxe, o endereço Teollisuuskatu, 456, a data de 23 de agosto de 1943, os nomes do subtenente Manner e do Riilahti. *Junto de* Riilahti *foi acrescentada a lápis a palavra "lança-minas", com um ponto de interrogação.*

No Ministério da Marinha fiquei sabendo que o lança-minas Riilahti *foi posto a pique pelos russos ao largo de Tiiskeri no dia 23 de agosto de 1943. Foi encontrado, partido em dois, a setenta metros de profundidade. Os vinte e quatro tripulantes morreram. Seus corpos foram recuperados. Salvo o do marinheiro Sampo Karjalainen, que continua desaparecido. Foi conferida à família uma medalha em sua memória.*

O funcionário do ministério insistiu em me mostrar uma foto do Riilahti *feita no verão de 1940, por ocasião de uma parada da Marinha. A imagem do navio atracado ao cais, a bandeira finlan-*

desa içada no mastro e os marinheiros formados na proa me lembraram os navios mercantes finlandeses que chegavam ao porto de Hamburgo. Para mim, era um pedaço da Finlândia. A chegada deles era um encontro marcado que acabara por balizar as datas do meu calendário, a alternância das estações. Na primavera o Pyhä Henrik, que transportava madeira de Oulu a Hamburgo e retornava carregado de máquinas-ferramentas, no verão o petroleiro Pietarsaari e em dezembro o Petsamo, que abastecia de cereais os portos de Kemi e de Pori. Sem contar todos os outros navios que faziam escala em Hamburgo a caminho de rotas mais distantes. Eu ia encontrar os marinheiros que toda noite se reuniam na igreja finlandesa, como se todos fossem meus parentes. Gostava de apertar a mão de todos e tinha de me conter para não parecer demasiado expansivo àqueles homens reservados e solitários. Prestar-lhes assistência quando necessitavam dos meus cuidados me deixava o coração mais leve. Baixar a febre deles, para mim, era contribuir para o bem-estar do meu país, reparar culpas que eu não tinha e conquistar a possibilidade do regresso. Alguns navios faziam a mesma rota havia anos e seus comandantes me conheciam bem. Estabelecera com eles uma respeitosa confiança. Sem que necessitasse mais lhes pedir, sempre tinham para mim um monte de jornais. As tripulações que chegavam por volta do Natal nunca se esqueciam de me trazer algum mimo. Móveis e ferramentas de carpintaria para o pastor e para mim bebidas ou cigarros que eu não fumava mas que conservava como relíquias preciosas. O capitão do Rosvo Roope, que a cada três meses fazia o vaivém entre Helsinque e Hamburgo transportando minério de ferro, me trazia sistematicamente os livros que eu pedia, e para a minha mãe sempre havia revistas ou discos. Aquelas vozes finlandesas em nosso apartamento de Hamburgo eram um cruel artifício que me fazia falsamente crer que eu estava em minha terra. Minha mãe não parecia perturbada com elas. Era metade alemã, mas cultivava *obstinadamente sua parte finlandesa. Graças às revistas e aos discos, conseguia se manter atualizada sobre a moda e as mundanidades finlandesas com apenas três meses de atraso. A mim, ao contrário, aquela Finlândia postiça aborrecia. A música que minha mãe punha o tempo todo na vitrola suscitava em mim recordações que eu não desejava. Hoje, quando ouço aquelas melodias, é a lembrança dela que me invade e sua Finlândia de apartamento revive então nos cômodos vazios o tempo de uma canção.*

3. A árvore das belas recordações

As cartas que seguem foram transcritas no caderno por seu próprio autor. Apesar de certos trechos terem sido repetidos várias vezes, e outros sublinhados ou retomados em outra parte do manuscrito, presume-se que o texto tenha sido reproduzido integralmente. A srta. Ilma Koivisto, autora dessas cartas, embora me autorizando a publicá-las, manifestou o desejo de que eu não lesse os originais e pediu para conservá-los. Respeito seu pedido e agradeço a ela por ter me ajudado a entender as passagens obscuras dessas cartas, me revelando as referências pessoais e as alusões que um estranho não poderia apreender. Não é minha intenção me deter nos sentimentos da srta. Koivisto, mas devo dizer que a sinceridade e a paixão que ressumam de suas palavras me comoveram. Se o autor deste memorial houvesse renunciado à busca insensata do seu passado e se entregado, em vez disso, ao abraço do presente, talvez sua sorte teria sido outra. Às vezes o pensamento humano se perde nos meandros da sua lógica, presa de uma geometria que é um fim em si e já não tem por alvo a compreensão da realidade, mas alimentar uma presunção. Somos tão monstruosamente egoístas que, para nunca reconhecermos nossos erros, preferimos nos aniquilar perseguindo nossas falsas verdades. Contra essa deriva da mente, muitos homens se refugiam na fé num ser supremo que possui a chave de todos os mistérios e o antídoto para todas as dores. Em troca de humildade, Deus nos promete conhecimento e à nossa dolorosa multiplicidade opõe sua reconciliadora unidade. Mas se Deus existisse, teria nos feito diferentes, completamente prisioneiros da matéria de que vimos, ou completamente livres da escravidão da mente, seus iguais ou seus escravos. Não teria abandonado suas criaturas nesta condição intermediária entre danação e beatitude, obrigadas a buscar a perfeição divina com os instrumentos imperfeitos do conhecimento humano. Se Deus precisa da nossa imperfeição e dos nossos limites, ele vale tanto quanto nós. Não é Deus mas demônio, e da sua maldade fundadora provêm todas as coisas. É verdade que nestes tempos de hoje é mais fácil crer no demônio do que em Deus. Eu, que pelos olhos dos soldados que vi morrer pude olhar no além, só vi a mais densa escuridão. E então, em vez de me imaginar submisso a um espírito do mal, prefiro pensar que o universo não é animado por uma vontade onipotente, mas pelo jogo casual da química. As mil substâncias que o compõem se chocam e se misturam toda vez que se encontram, e suas reações podem ser desmedidas como uma explosão estelar ou minúsculas como uma eletrólise, impressionantes como a fissão do átomo ou sublimes como a floração das cerejeiras. Quando tudo estiver misturado, quando toda oxirredução estiver consumada, quando a matéria for feita de núcleos pequenos como grãos de areia mas pesados como este planeta e todo elétron estiver encerrado em órbitas incindíveis, então haverá paz no universo. A morte e a paz.

Viipuri, 12 de abril de 1944

Caro Sampo,

Aproveito a primeira tarde tranquila desde que chegamos para escrever esta carta. Tivemos dias cansativos. Nossa chegada a Viipuri foi movimentada, para dizer pouco. Foram necessários diversos dias para reativar o centro de pronto atendimento. Tudo estava no mais total abandono. Falta de tudo no hospital e o pessoal é insuficiente. Esperamos um comboio de material sanitário, mas carecemos também de cobertores e camas, combustível e carpintaria. Vivemos aqui numa profunda apreensão. O front não está longe e o comando militar teme um ataque russo. Já está pronto um plano de evacuação. Com o degelo voltaram algumas famílias de camponeses evacuados. Tomaram posse de suas terras, abandonadas depois da Guerra de Inverno, e não querem saber de sair delas. Com medo de serem retidos no centro de pronto atendimento, não vêm mais nem sequer retirar suas rações alimentares. Dizem que os russos não têm motivos para atacar, que Viipuri não lhes interessa. Faz alguns dias vimos passar as últimas divisões alemãs que se retiravam. Atravessaram a cidade entre duas alas de uma multidão calada. Parece que os alemães estão concentrados agora em Uhtua. Em todo caso, longe demais daqui para meter medo nos russos. Ontem chegou, de passagem por Viipuri, o segundo regimento de artilharia costeira. Os soldados acamparam junto do hospital. Cantavam a *Porilaisten marssi*. O que me fez pensar em você. Tomo a liberdade de chamá-lo de você, porque não conseguirei ser sincera de outro modo. Fui boba na noite em que nos encontramos no Kämp. A guerra amplia as coisas, deforma a realidade. Tudo nos parece efêmero, provisório. Talvez por isso tenha sentido a urgência de lhe dizer palavras que em condições normais teria reservado para uma fase mais madura da nossa amizade, se um dia ela ocorresse. Fui egoísta. Pensei somente em mim. Você mal sabia o meu nome, e eu já o assediava contando até minhas brincadeiras idiotas de adolescente. É culpa também do meu incorrigível instinto cruz-vermelhense. Da minha irrefreável pretensão de socorrer. Sabe, desde o dia da sua chegada, naquela manhã de janeiro em que acompanhei você até sua cama no dormitório, uma coisa me chamou a atenção. O medo que havia em seus olhos. Porque não era o medo que eu estava habituada a ver, o medo dos soldados mortalmente feridos, o medo do pai que perdeu o filho. Era um medo desmedido, fora deste mundo. Ainda me lembro como você olhou para mim, sentado na cama enquanto eu me afastava pelo corredor. Eu sentia a sua dor e queria ajudá-lo. Essa minha mania de ajudar os outros, custe o que custar... Por isso fui falar com o pastor Koskela, por isso pedi a ele para cuidar de você. Quando o reconheci no hotel Kämp, me tranquilizei. Achei que você devia estar melhor, que teria se ambientado, que teria encontrado seu lugar entre nós. Mas ainda não tinha visto seus olhos. Mal me aproximei, reencontrei intacto no seu olhar o mesmo medo do primeiro dia. Tive então a presunção de crer que talvez uma manifestação de afeto pudesse dissolver a crosta de dor em que você estava aprisionado. Ainda não havia entendido que seu mal é um mal diferente. Pensei nisso estes dias. Deve ser terrível não ter passado, não se lembrar da própria infância. Deve ser pior ainda não conseguir compartilhar com ninguém um sofrimento como esse. Porque ninguém jamais voltou de onde você se viu precipitado. Para mim, a minha infância é uma velha foto que sempre levo comigo. É só um primeiro plano de quando eu era uma menina banguela de dez anos. Mas o vestido que uso naquela velha imagem amarelada, nossa grande casa de campo desfocada no fundo são uma mina de recordações que sempre vêm ao meu encontro. Entendo quanto você deve sofrer com essa falta e com o horror de sentir o vazio às suas costas. Mas talvez seja um erro se obstinar em buscar um passado que desapareceu. No fundo, o passado é a única ferida que sempre sara. Ela cicatriza sozinha, se recompõe sem nossa intervenção. É mesmo tão irresistível assim o chamado que todo dia faz você sair em busca dos seus vestígios? Não seria mais útil preencher pacientemente o verdadeiro tempo, o que lhe resta para viver, dia após dia, tijolo por tijolo, reconstruir uma memória nova? Até uma amiga invasiva pode servir para afastá-lo da obsessiva busca de uma coisa que não existe mais. Escreva também para mim. Conte como passa seus dias. Conte as prédicas do pastor Koskela. Ele continua se inflamando tanto? Conte de Helsinque, agora que é primavera. A relva nova já nasceu? A Esplanadi já está toda verde? Mais um mês, e as frutas silvestres estarão maduras nos bosques. Se me deixarem voltar, vamos colhê-las juntos.

Um abraço,
Ilma

Eu havia encontrado essa carta na cama, ao voltar para o dormitório, depois do almoço, e pegar meu caderno para a aula do pastor. Era a primeira vez que via meu nome num envelope. A primeira vez que recebia uma carta. Era bonito meu nome escrito com tinta preta. Tão bonito que eu quase não queria abrir o envelope. Não entendi logo tudo o que li. Corria excitado de uma linha para outra procurando as palavras que conhecia e me detendo nas que sentia poder decifrar. Às vezes bastavam poucas letras para me dar a pista de um verbo, e então toda uma linha se escancarava, as palavras se abriam uma dentro da outra deixando correr o significado. Mas muitas vezes as frases permaneciam obscuras, bloqueadas por palavras pequenas, como cadeados em torno do fio do discurso. Li tudo o que pude, depois fiquei encolhido na cama, apertando nas mãos a folha de papel dobrada. Um sol desbotado entrava pela janela e deslizava pelo pavimento até as camas. Um silêncio perfeito, como uma água imóvel, havia alagado o dormitório. E naquela água meu corpo vinha lentamente à tona. Todas as partes de mim se tornavam sensíveis e se dilatavam sob a lente de aumento daquelas palavras. Ilma tinha chamado por seu nome a minha dor, e esta havia respondido ao chamado.

"Estava à sua espera. Não se sente bem?"

Era o pastor Koskela. Tinha parado à porta.

"Não, não. Estava cochilando. Já vou."

Desci da cama. Peguei o caderno e puxei o cobertor. O pastor fingiu não ver a carta que enfiei no bolso da japona. Depois respondeu às minhas perguntas sem nunca pedir esclarecimentos quando lhe mostrei, copiados no caderno, os trechos que não havia entendido.

"Hoje vamos ter a aula ao ar livre. Quero lhe mostrar uma coisa", me disse pondo-se a caminho com as mãos no bolso. Saímos à rua, fomos até a Suurtori e de lá descemos até os armazéns portuários de Katajanokka. Era um dia morno e incolor. O céu branco brilhava com uma luz perolada que não fazia sombras.

"Olhe, a fronteira em que se trava essa guerra não divide somente dois povos, nós e os russos. Separa também duas almas diversas. Irmãs, é verdade, como tudo o que pertence ao homem. Mas tragicamente inconciliáveis num ponto essencial: a concepção do além. E para o homem, criatura mortal que vive nesta terra numa condição provisória, o além é tudo."

Atravessamos o canal de Katajanokka em frente ao palácio presidencial. Subíamos agora a colina dominada pela massa dourada da catedral ortodoxa Uspenski. Ao longo do caminho íngreme eu tentava permanecer ao lado do pastor, para entender melhor suas palavras.

"Estes são eles, os russos", disse o capelão parando diante da porta. Por sorte perdera o fôlego, o que diminuiu um pouco o ritmo do seu discurso.

"Olhe a solidez desta construção. A verdade deles é pesada como a pedra, vistosa como as cúpulas douradas, toda terrena e material. Eles consagraram esta igreja à dormição da Virgem. Um mito bem deles que, para poupar à mãe de Deus a violência do passamento, faz da morte um sono irreversível. Sublime subterfúgio, é verdade. Mas se a morte é um sono, o além não passa de sonho, efêmera visão."

Katoavainen eu não sabia o que era, mas ao lado de *näky*, "visão", se tornava compreensível. Eu repetia dentro de mim as duas palavras para juntá-las na lembrança. Entramos no templo. As paredes carregadas de imagens, o pavimento trabalhado, os altares repletos de candelabros dourados aqueciam, atenuavam a luz fria que caía do alto. Estávamos circundados por uma roda de santos que olhavam para nós com benevolência. Sob cada imagem sacra luziam velas finas como flores. Os degraus que levavam aos nichos eram cobertos de tapetes vermelhos. Pendiam das colunas de mármore lanternas de cobre marchetado. Demos mais uns passos sem falar. Precedendo-me, o pastor me indicava ora um ora outro quadro, depois a curvatura das cúpulas, cobertas de mosaicos coloridos representando as cenas do Antigo Testamento. Quando saímos, a luz sem graça me feriu os olhos. A cidade diáfana se estendia indiferente a nossos pés. Descemos novamente rumo à praça do mercado.

"Viu, no universo ortodoxo a gente nunca está só. A gente acaba por acreditar que, passando ao além, vai encontrar aquela multidão de santos e anjos festivos que estavam à nossa espera. Eles nos farão companhia até o Juízo Universal, que para os ortodoxos não tem nada de assustador. É só uma consagração, mais ou menos como o dia do juramento para os soldados, nada mais. Depois começará uma nova vida, igualzinha à vida terrena, mas sem a dor, num paraíso terrestre esplendoroso e colorido. Para os ortodoxos, a morte não existe, e o paraíso se parece com este mundo, só que com algumas correções."

À beira-mar nos viramos para contemplar de novo a catedral Uspenski antes de pegar a Esplanadi. Com dificuldade, meu raciocínio capturava uma a uma as palavras de Koskela. Nas pausas, eu as ouvia se apagar, eu as via descer na paisagem da cidade à nossa volta. Para não perder de vista o ponto em que haviam caído e poder mais tarde ir colhê-las. Assim, um campanário me lembrava um verbo, uma nave inteira eu desperdiçava por um adjetivo, e o precioso sujeito eu confiava a um bonde. Todo o pensamento do pastor estava disseminado por Helsinque, e eu podia relê-lo sempre que desejasse.

"Já para nós não existe redenção. Crescemos no sentimento da expiação e a vida inteira continuamos a nos punir. Sem esperanças, sem pretensões. Porque somos grumos de maldade, e a melhor coisa que podemos fazer é nos dissolver, nos consumir sem clamor, sem lamentos. Só no além é concedido a alguns de nós encontrar a salvação. E nossas ações não adiantam nada para nos levar a obter uma recompensa. Porque somos predestinados. Nossa condenação ou nossa graça já está pronunciada, desde o dia em que viemos à luz. Mas só depois da morte ficamos sabendo dela. Por isso, a vida para nós não passa de uma angustiante espera."

Lunastus, "redenção", é uma palavra linda. Gostava de repeti-la, ouvir seu sopro misterioso entre os dentes, como se de fato um espírito emanasse daqueles sons e se elevasse em direção a mundos sublimes. Tínhamos atravessado a Mannerheimintie e, passando ao pé do hotel Torni, havíamos desembocado na Lönrotinkatu. Entramos num parque cheio de árvores, no meio do qual se destacava uma construção branca com teto de cobre esverdeado. O pastor parou à sombra plena das árvores seculares.

"Eis a nossa alma. Está vendo essas lápides? Tem no parque inteiro."

Olhei em torno e notei as lajes de mármore plantadas na

relva viçosa. Algumas tortas, outras meio afundadas, constituíam uma esparsa e discreta multidão na vastidão do parque.

"São túmulos, é um cemitério. Mas também um parque. Onde as pessoas vivas passeiam entre os mortos. Esta é a nossa concepção do além: meio metro debaixo da terra, não uma festiva aglomeração de santos. Nada de celestial e de sublime. Um lúgubre limbo incolor onde a ausência do remorso faz as vezes da beatitude. O remorso é a mola propulsora que nos faz viver. A mola de quê, esquecemos, e no fundo não tem a menor importância. Talvez seja simplesmente o remorso de termos vindo ao mundo. A paz eterna é nossa libertação do remorso. Ou, se preferir, da vida."

Uma rajada de vento atravessou a folhagem das árvores e foi se perder no meio da relva. O tempo estava mudando. Um temporal se armava. Mas sobre o mar o céu ainda era branco e imóvel, vinham do ocidente nuvens negras que subitamente escureceram o parque. Desceu sob as árvores uma luz crepuscular e as primeiras gotas crepitaram nas folhas que haviam assumido um tom azeitonado de prata velha.

"Venha, vamos nos abrigar na igreja", disse o pastor indicando a construção branca. Corremos até o pórtico e entramos na igreja luterana. Era um edifício todo de madeira, de uma única nave. Mal entramos, Koskela parou sob o jirau em que estava instalado o órgão e me indicou uma proclamação pendurada na parede. Emoldurada por uma borda vermelha e negra, tinha um aspecto solene. Tentei ler. Havia termos que não conhecia. Só entendi pedaços das frases, que, no entanto, me davam uma ideia geral do texto. Falava de mães, de sofrimento e de pátria. As palavras do título também eram longas, árduas e cheias de tremas. Mas, lendo uma letra de cada vez, os parafusos estreitos que as prendiam acabavam cedendo, deixavam escorrer algumas gotas de significado.

"É uma proclamação do marechal Mannerheim, o pai da Finlândia, o homem que nos guiou para fora da Rússia, tal como Moisés conduziu os hebreus para fora do Egito. Diz que concede a todas as mães da Finlândia a Cruz da Liberdade, para recompensar a dor de terem perdido seus filhos na guerra. Olhe que título enigmático. *Ylipäällikön päiväkäsky*: 'Ordem do dia do comandante supremo!'. Mas para quem sabe ler nas entrelinhas, é principalmente um boletim de guerra. E em nenhum outro país do mundo você encontrará um boletim de guerra numa igreja. Esta proclamação foi tornada pública dois anos atrás, em 10 de maio de 1942, nos dias em que a Finlândia aceitava deixar passar por seu solo as tropas alemãs que lançavam novo ataque contra Leningrado. Era o início da nossa desforra. Ou da nossa derrota definitiva. No fim das hostilidades com os russos, em 1940, tivemos de aceitar duríssimas condições de rendição. Sem perder uma só batalha, com o exército ainda intacto, a Finlândia foi obrigada a ceder justamente os campos de batalha em que seu pequeno exército tinha conseguido opor resistência à grande Rússia soviética. Não tínhamos escolha. Recusar significaria nos destinar à aniquilação total. Assim, terras e cidades finlandesas tiveram de ser evacuadas. Foi um êxodo maciço da Carélia. Viipuri, a segunda maior cidade da Finlândia, foi esvaziada de seus habitantes e abandonada aos russos. Nós a retomamos. Mas até quando conseguiremos mantê-la? Com os russos sempre jogamos tudo. Sempre apostamos alto, sem ter um tostão no bolso. Até agora deu certo. Na época da Revolução Bolchevique a guerra civil também grassou entre nós. Finlandeses vermelhos e brancos se massacraram e se exterminaram a tal ponto que o país ficou vazio por décadas. Ainda hoje não se fala daqueles anos, não se choram aqueles mortos e muitos túmulos ficaram sem nome. Ainda hoje os comandos militares têm medo de que entre os soldados que partem para defender nossas fronteiras se escondam vermelhos que possam confraternizar com os soviéticos! Arriscamos muito. Tudo! A vitória dos brancos foi a sobrevivência da nossa nação, do nosso modo de viver, do nosso Deus. Se a guerra civil tivesse sido vencida pelos vermelhos, se em 1940 houvéssemos rejeitado a paz, hoje este lugar seria um depósito do Exército ou uma sede do partido comunista. E as lápides que você viu lá fora teriam acabado na pavimentação de uma rua. Essa proclamação é, na realidade, um apelo que Mannerheim lançou ao nosso povo para convidá-lo mais uma vez a arriscar a vida na sua perene luta contra os russos. Aceitar a ajuda de Hitler significava ir ao encontro de uma reação raivosa da Rússia e correr de fato o risco de sermos aniquilados. Conceder a Cruz da Liberdade às mães da Finlândia significava pedir a elas o extremo sacrifício de oferecer à pátria seus filhos que sobreviveram, os que escaparam da Guerra de Inverno. A pátria as convocava mais uma vez. O marechal Mannerheim é o Väinämöinen dos nossos tempos. Ele fez da Finlândia um país livre, nos salvou duas vezes: dos vermelhos e dos russos. Estas palavras suas vêm para nós logo depois da Bíblia. Percebe a diferença? Os ortodoxos se inclinam diante de imagens douradas, nós nos inclinamos diante de uma ordem do dia batida à máquina! Entende agora por que somos duas raças diferentes?"

Fiquei surpreso por ter compreendido quase tudo o que Koskela dissera. As palavras, quero dizer. Porque sobre a questão política eu não tinha elementos de juízo e conhecia o arrebatamento visionário do pastor. Como uma floresta desconhecida, minha mente abrira seus caminhos. E quando, acompanhando o pastor na marcha frenética das suas divagações, aconteceu-me perdê-lo de vista, consegui me orientar, alcançá-lo sem maior dificuldade, seguindo outras trilhas. Agora, nas argumentações que tinham se tornado a constante dos nossos encontros, eu havia adquirido um discreto domínio do vocabulário, e a compreensão também se arranjava o melhor que podia, apoiando as palavras claudicantes nas firmes para seguir em frente. Observei também com satisfação a despojada essencialidade da proclamação, enquanto Koskela me precedia rumo ao centro da nave. Não havia um só quadro, um só ornamento nas paredes branqueadas a cal. Somente no fundo da nave, no meio da abside, uma tela emoldurada. Um Juízo Universal em que um Deus de barba branca descia de um céu sulfúreo para separar os homens em dois grupos. À direita os danados já lambidos pelas chamas do inferno, à esquerda os beatos, uma informe multidão vestindo túnicas brancas. O pastor Koskela havia chegado ao altar. Abriu os braços antes de falar.

"Não há ninguém aqui para vir ao seu encontro. Nenhum santo, nenhum querubim. Só há missais negros nos bancos e o número do salmo do dia pendurado na parede. Já na decoração nossa igreja indica seu caminho: a prece, a palavra. Porque no fim é a palavra de Deus que absolve ou condena. Em finlandês, 'Bíblia' se diz *Raamattu*, isto é, 'Gramática'. A vida é um conjunto de regras. Fora da regra, é o erro, a incompreensão, a danação."

Lá fora, o temporal desabava com violência. A chuva batia no teto de cobre e abafava as palavras do pastor. Na igreja deserta caíra uma sinistra escuridão.

"No fundo sempre fomos luteranos. Antes mesmo de nos tornarmos cristãos. Os heróis do *Kalevala* já são luteranos, do mesmo modo que Aquiles e Ulisses já são ortodoxos. As ilusões de Ulisses remetem a uma sociedade refinada e cética, acostumada às insídias do raciocínio. A palavra de Väinämöinen é uma pintura rupestre imediata e simples, é a primeira cinzelagem na pedra bruta. Os deuses gregos se misturam com os homens, brigam ou pactuam entre si. O deus Ukko nunca desce à terra: julga nossos atos, depois nos manda a luz ou a escuridão, a punição ou o prêmio. O Destino dos gregos é caprichoso, impregnado de ironia. De simples pastores faz grandes guerreiros. Proclama-se inexorável, mas seus efeitos nem sempre podem ser mitigados. O destino dos heróis fínicos é brutal, sem apelação. De grandes guerreiros faz simples pastores que cumprem sua pena até o último dia."

Koskela se exaltava com suas próprias palavras. Havia apoiado os punhos cerrados na madeira e tinha se apossado do altar para pronunciar mais uma das suas prédicas pessoais. Transparecia em seu rosto uma paixão enxuta e lúcida. Ou talvez louca. Eu não o entendia mais, mas seu olhar me prendia, o tom da sua voz intimava atenção.

"Foi por uma tempestade assim que Väinämöinen e seus companheiros foram surpreendidos quando fugiam da terra de Pohjola depois de roubarem o Sampo. A fúria das ondas os havia atirado nos confins do mundo. Por dias e dias tinham navegado num mar sem horizonte que aparecia, um pedaço de cada vez, a cada remada, em meio à névoa escura. Depois encontraram o caminho de casa. A linha verde da costa os escoltava rumo à terra de Kaleva. Mas não sabiam que a senhora de Pohjola os estava seguindo numa nau movida por cem remadores e defendida por mil homens em armas. Quando o *runoilija* eterno percebeu que aquela sombra no meio do mar não era uma nova ilha que emergira repentinamente das águas, mas a nau da senhora de Pohjola eriçada de lanças e espadas, temeu que o dia fatal houvesse chegado. Seus companheiros aterrorizados o fitavam, esperando dele uma decisão, uma palavra. Da orla próxima, coberta de névoa, levantaram voo milhares de faisões assustados. Todos os peixes do mar se refugiaram nas águas mais profundas, onde o rochedo é quente e cresce a alga vermelha de que se alimentam os monstros que vivem debaixo da crosta da Terra."

Eu havia finalmente encontrado o fio da compreensão nas histórias já familiares da mitologia fínica. Ficava mais fácil entender Koskela, quando ele abria o livro das suas fábulas. Descrevendo os personagens do *Kalevala*, assumia alternadamente seu aspecto, imitava suas vozes. Eu não tinha tempo para registrar na mente as palavras que não entendia, mas me ajudava reconhecer pelo rosto e pelos gestos de Koskela o personagem de que falava. Eu via distintamente a página do livro em que era representado e as próprias coisas ao redor do personagem adquiriam as mesmas tintas. Quanto às naus e às armas, Koskela as imitava tão bem que eu não me esforçava sequer para ir atrás da palavra que as descrevia. Deixava-a seguir em frente, porque sabia que depois a alcançaria, reconhecendo-a nos gestos do pastor.

"Väinämöinen, as mãos firmes nas bordas da embarcação, via a nau avançar, o ferro das espadas cintilar. Já se ouviam os gritos dos guerreiros. O velho *runoilija* fechou os olhos para que lhe viessem à mente as palavras corretas que devia cantar, depois se levantou, tirou do alforje seus apetrechos de fazer lume, pegou um fragmento de sílex e atirou-o no mar dizendo: 'Possa desta pedra nascer um recife negro, uma rocha submersa que destrua a nau de Pohjola, rasgue seu casco como uma faca abre a barriga branca de um sapo!'. Então a água ferveu, as ondas se abriram num gigantesco vórtice e uma crista de rocha aflorou como um monstro marinho que as ondas logo esconderam. Väinämöinen deu um suspiro de alívio. Mais uma vez o mar, sua antiga mãe, viera socorrê-lo. Os três heróis pararam de remar e escutaram em silêncio. A nau de Pohjola estalava segura, rompia sólida as águas ao berro do timoneiro quando um golpe a sacudiu fazendo os mastros caírem n'água. As tábuas do casco se espatifaram na rocha, a água gelada penetrou no ventre quente da nau e a matou."

O rumor dos trovões e o coruscar dos raios que penetravam na igreja pelos altos vitrais davam à narração de Koskela um fundo vigoroso. No fragor se perdiam palavras para mim preciosas, que de início eu procurava decifrar nos lábios do pastor. Mas depois me deixei ficar olhando para ele a remar no choque poderoso das águas que os prodígios de Väinämöinen desencadeavam. Tive o pressentimento de que, numa das incontáveis vidas de que um xamã era capaz, o pastor Koskela estava a bordo daquela nau. Talvez não fosse uma fábula que ele me contava, mas suas lembranças de juventude.

"Agarrada aos destroços, a senhora de Pohjola via aterrorizada sua nau afundar, seus soldados desaparecerem como pedaços de inútil ferro entre as ondas. Então agarrou cinco foices enferrujadas, cinco velhos ganchos tortos e fez com eles garras que fincou nas mãos. Pegou as tábuas e fez com elas gigantescas asas, cortou nas velas um rabo, com os mastros quebrados construiu um bico pontudo em que cravou pregos aguçados. Numa asa instalou mil arqueiros, mil homens armados na outra e se lançou contra o barco de Väinämöinen. Vendo a monstruosa ave vindo em sua direção, Väinämöinen ergueu os olhos para o céu e disse: 'Poderoso Ukko, só tu podes nos salvar!'. Mas o valoroso Lämminkäinen se levantou, desembainhou a espada e com um só golpe cortou as garras da ave monstruosa, despedaçou as asas, e os mil arqueiros, os mil homens armados caíram no mar, desapareceram na água negra. A senhora de Pohjola, agarrada ao barco dos três heróis, se atirou sobre o Sampo mágico e puxou-o para si, mas ele lhe escapou das mãos e caiu no mar. Tentou em vão reavê-lo. Só conseguiu pegar uma tampa. Pesado como uma montanha, o Sampo afundou na água e foi se espatifar em mil pedaços na rocha quente do fundo, onde crescem as algas vermelhas. De repente as ondas do mar gelaram, os peixes se transformaram em espinhas brancas e do céu esfumaçado caíram aves de pedra. Nada mais se mexia. A vida desaparecera da face da terra. O deus Ukko a tinha aspirado por inteiro para dentro de si. O Sampo mágico estava destruído, a escuridão havia retomado posse da terra."

Havia falado de um só fôlego. Agora olhava desconsolado para a nave escura, como se tivesse esquecido onde se encontrava. Desceu do altar arrumando os cabelos que tinham caído sobre seus olhos e veio sentar a meu lado no banco. Lá fora continuava a chover. As gotas ruidosas que se abatiam na oval de vidro acima da porta projetavam no chão uma sombra trêmula.

"A palavra certa. Está toda aí a diferença entre a vida e a morte. A recordação é inseparável da palavra. A palavra tira as coisas da sombra. Aprenda a palavra e recuperará a memória", acrescentou antes de se encerrar num silêncio de pedra. A cabeça apoiada nas mãos cruzadas, parecia nem respirar. Não posso dizer com certeza, mas me pareceu que estava de olhos arregalados, olhar perdido na escuridão. Ébrio de palavras, cansado com a longa caminhada, também adormeci. Sonhei com uma multidão irrequieta e silenciosa que me rodeava e me arrastava em sua cega errância. Alguém, levado pela massa, se agarrava a meu pescoço para não ser pisoteado. Eu sentia seu aperto espasmódico, suas unhas na minha pele. Fui acordado por uma forte dor na cervical. Estava deitado de lado no banco. Todo dolorido, os membros entorpecidos, me endireitei. O pastor estava de pé na minha frente.

"Vamos, o temporal acabou", disse indiferente e se dirigiu para a porta de entrada, as mãos cruzadas atrás das costas.

* * *

É a primeira vez que leio os acontecimentos da nossa guerra civil descritos por um finlandês. Eu, que naquela guerra perdi meu pai e hoje não tenho sequer um túmulo aonde possa ir chorá-lo, sinto dificuldade em compartilhar certos mitos do nosso patriotismo e me dói, e ao mesmo tempo me enraivece, que isso me faça passar por um traidor. Muitas vezes, inclusive dentro de um mesmo povo, a pátria de uns nega a dos outros. Nasce disso a loucura que hoje reduziu a Europa a cinzas. Déspotas disfarçados de patriotas impõem a retórica dos seus mitos e sentenciam que fora deles não existe amor à pátria. A pátria se reduz assim a um perímetro de fronteiras que cada uma das pátrias proclama sagradas contra todas as outras, às vezes até em nome de Deus. Os líderes que hoje se arrogam o mérito de ter reunificado uma Finlândia dividida entre vermelhos e brancos não veem que fronteira muito mais profunda cavaram entre a nossa gente. Pretendem ter salvaguardado a integridade da pátria. No entanto, também os homens fuzilados sem processo pelas guardas brancas de Mannerheim eram um pedaço de pátria. Um dia será preciso que alguém tenha a coragem de tomar desses impostores o monopólio da pátria para restituí-la aos homens livres, aos que traçam as fronteiras com as ideias e não com arame farpado. Pátria quer dizer essencialmente terra do pai, mas meu pai morreu e eu sou filho de outros, alistado à força no Exército alemão para travar uma guerra que não era a minha. Hoje não há mais pátria em que eu possa crer.

Eu nunca havia pensado que a palavra "Raamattu" deriva de "Gramática". É uma dessas evidências patentes em que a gente acaba não prestando mais atenção. No entanto, isso talvez diga muito sobre o devotado amor à sua língua que distingue cada finlandês. Para nós a língua é palavra de Deus, mesmo quando não se crê em Deus, e a gramática é uma ciência exata, feita de significados comensuráveis e regida por teoremas incontestes. A palavra correta dá harmonia ao pensamento, confere a este a inelutabilidade matemática da música. Mas toda época toca músicas diferentes, e acordes outrora diabólicos hoje não metem mais medo em ninguém. Não existe a harmonia eterna: como tudo o que pertence a este mundo, com o tempo os sons também se consomem e o homem tem de inventar outros para conseguir manter a cabeça fora do silêncio. O que para nós hoje é música cem anos atrás era barulho. O erro de ontem é hoje apenas uma inocente exceção. A regra vem sempre depois da palavra: essa é a grande fraqueza de toda gramática. A regra não é ordem, é somente descrição de uma desordem. Como tudo o que é próprio do homem, a língua também se transforma e perseguir sua pureza é tão insensato quanto perseguir a pureza da raça. Os linguistas dizem que toda língua tende pouco a pouco a se simplificar, a exprimir o máximo de significado com o mínimo de sons. É por isso que as palavras mais curtas são as mais antigas, mais corroídas pelo tempo. Em finlandês, "guerra" é sota, *e essas duas sílabas bastam para dizer quantas fizemos.*

O arsenal normativo de uma língua é construído mais para impedir seu acesso aos estrangeiros do que para facilitar sua compreensão. Toda língua se tranca atrás do rito iniciático da sua gramática, como uma seita secreta atrás das suas missas negras. Mas a língua não é uma religião em que se pode crer ou não. A língua é um fenômeno natural próprio de toda a humanidade. A obtusidade dos homens a dividiu em várias gramáticas, e cada uma pretende ser a correta, ser o espelho da clareza do pensamento de todo um povo. Assim, todo povo aprende as regras da sua gramática e se ilude que pode resolver com elas o árduo exercício da vida.

Desde que a Finlândia rejeitou as condições de paz impostas pelos russos, Helsinque se tornou o espectro da guerra. A cidade, que estava apenas começando a se recuperar dos bombardeios de fevereiro, mergulhou de novo no atordoamento. Recomeçaram os movimentos de tropas. No aquoso sol primaveril, os uniformes verdes dos guarda-fronteiras que marchavam pela Suurtori com suas fitas azuis e brancas esvoaçando tinham algo de alegre e mortal. Trens repletos de tropas e canhões manobravam laboriosamente no porto antes de partir soltando lúgubres assobios. A baía se povoou de navios de guerra. Surgiam inesperadamente do arquipélago e deslizavam diante dos edifícios de Kruununhaka antes de ir ancorar ao largo, onde permaneciam imóveis como gigantescos cetáceos. Naqueles dias reinava no hotel Kämp uma grande agitação. Tinham chegado muitas caras novas que os veteranos tratavam com altivez. Pelas perguntas que faziam, dava para ver que não sabiam nada do país. Nunca se aventuravam fora dos limites da Esplanadi. Só andavam de táxi, que chamavam até para percorrer algumas centenas de metros. Pareciam chateados com o fato de que ainda não acontecesse nada e passavam a manhã na sala de imprensa do hotel, pendurados no telefone com suas redações. Corria o boato de que os russos estavam preparando um desembarque. À mínima indiscrição, táxis carregados de jornalistas deixavam apressados a cidade em direção a alguma baía remota da costa, à espera de navios que não chegavam. Uma vez acompanhei meu amigo jornalista numa dessas saídas. Passamos por Porvoo e prosseguimos pela estrada de Kotka. Descemos diante do mar para lá do promontório de um farol. Não havíamos encontrado vivalma durante muitos quilômetros. O bosque começava pegado à costa. Uma estradinha pedregosa cortava o prado. Nós nos postamos no sol morno, à beira da estrada. A praia era salpicada de pedras pontudas plantadas na areia com a ponta virada para cima, de modo a impedir um desembarque de tanques. Os repórteres tinham prontas suas máquinas fotográficas. Um jornalista americano tinha levado também um binóculo. Esperamos longamente, em silêncio, como caçadores alertas. Era uma paisagem geométrica que se estendia diante dos nossos olhos. A praia branca, crivada de prismas rochosos enterrados em fileiras ordenadas e, mais além delas, as lajes vítreas do céu e do mar, mantidas unidas por uma soldagem nítida e estanque. No meio da tarde, mudaram de cor. O azul do mar escureceu, o azul-claro do céu branqueou, as pontas de pedra ficaram sem sombra. Alguém desceu à praia e se pôs a passear pisando nas conchas. Outros voltaram para o carro e foram com o taxista procurar alguma coisa para beber num local que havíamos encontrado na estrada. Os repórteres tinham instalado suas máquinas fotográficas e fumavam sentados na areia. O vento aumentou, agitando o bosque atrás de nós. Terminamos a tarde atirando pedras num barril vazio que boiava no mar, e ao pôr do sol voltamos para Helsinque.

"Vamos encontrar os russos nos esperando no Kämp!", exclamou um deles rindo quando entrávamos no carro.

Com maio chegou a luz. No Kappeli puseram as mesinhas do lado de fora, e de manhã os barcos dos pescadores atracavam no cais em frente à praça do mercado. Vendiam peixe salgado e cebola. Também voltou a barca para as ilhas. Era uma velha embarcação de madeira que recendia a óleo combustível e cordas molhadas. Partia preguiçosamente ao meio-dia, dando uma longa volta na baía antes de desaparecer atrás da ilha do iate clube. Os dias tinham ficado mais compridos e toda aquela luz me levava a vagar ainda mais pelas ruas, até tarde da noite. Eu me locomovia quase sempre a pé, parando para descansar nos bancos quando estava mesmo exausto. Às vezes pegava o primeiro bonde que via passar e ia nele descobrir novos pontos da cidade. De Laakso a Vallila, não havia subúrbio de Helsinque que eu não houvesse atravessado. O pastor Koskela me arranjara um mapa da cidade, arrancado da lista telefônica, e fizera um círculo a lápis nos lugares que eu devia visitar. Com turístico escrúpulo, eu não tinha deixado de ir a nenhum, e a cada visita minha trazia relíquias, programas de teatro, ingressos achados no chão, maços vazios de cigarros desconhecidos. Tomava notas, traçava meus percursos no mapa, copiava as palavras que não entendia, e durante as nossas lições o capelão me ajudava a decifrá-las. Dia após dia, as ruas de Helsinque tinham se tornado cada vez mais minhas. Descobri a tranquilizadora sensação de já conhecer a paisagem que me esperava dobrando a esquina. Como um animal em seu território, havia marcado na trama das ruas meus itinerários pessoais que eu percorria para ir de um lugar a outro sem me preocupar em tomar o caminho mais breve. Mas era uma familiaridade turística, a minha.

Mal alguém me interpelava, inclusive para perguntar uma banalidade, meu anonimato tranquilizador se desintegrava. Falando, eu declarava minha estraneidade. Porque minha voz, como um cristal rachado, emitia sons falsos. A língua não brotava em mim espontaneamente. Eu tinha de construir mentalmente cada palavra antes de pronunciá-la, procurando cansativamente o sopro justo, a pressão adequada dos lábios, tateando com a língua o palato em busca do único ponto em que podia se produzir o som que me servia, e depois decliná-la no caso certo antes de soltá-la. A cavidade da minha boca, que me parecia tão pequena, se tornava repentinamente imensa. Parecia-me impossível que tudo se jogasse em poucas frações de milímetro, que um pedaço de músculo tensionado pudesse enviar no ar todo um significado, que um bocado de ar a mais ou a menos pudesse bastar para me confundir com um habitante da Estônia ou da Íngria, ou romper inexoravelmente o fio do significado.

Muitas vezes captava no bonde fragmentos de frases, retalhos de conversas que mastigava mentalmente até aprendê-los. Depois, quando estava sozinho, deitado na cama antes de dormir, eu os repetia em voz alta, construía as partes faltantes e nas paredes cinzentas do dormitório inventava mundos, entabulava conversas com amizades imaginárias, às quais dava rostos também colhidos entre os passageiros do bonde. Quando Koskela se foi e minha solidão se tornou absoluta, acabei não distinguindo mais os seres verdadeiros dos que eu tinha imaginado. Um dia, no ponto do 7, cumprimentei reconhecido um senhor de idade bigodudo que tempos antes me indicara o caminho para o estádio olímpico. Só depois me dei conta de que havia imaginado tudo. Melhor dizendo, havia misturado tudo. Não fora a mim que o senhor bigodudo prestara auxílio, mas a um rapazola sentado ao meu lado no bonde. E não para ir ao estádio olímpico, mas ao hospital universitário. O estádio olímpico era a vista que eu tinha da janela do bonde naquele momento. Eu me lembrava uma a uma as palavras que eles trocaram, as expressões e até os gestos que as acompanhavam. Como tantas outras, eu as tinha repetido mil vezes, eu as tinha feito minhas.

Nas minhas perambulações, eu me misturava com a multidão muda que domingo saía das igrejas, com as filas que se formavam em frente aos espaços de alimentação. Gostava de me somar às pessoas que pegavam bonde. Fingia também esperar uma parada, me dirigir a um lugar bem preciso e de quando em quando olhava pela janela para ver quanto faltava para o meu destino imaginário. Descia numa rua qualquer, dava prestamente dez ou vinte passos, o tempo de o bonde se afastar, depois retomava minhas peregrinações. Chegava ao ponto sucessivo e esperava o bonde do outro lado da rua, para voltar. Por fora, eu era um finlandês como todos os que via a meu redor. Mas ninguém me conhecia. Ninguém nunca tinha me visto seis meses antes. Entre eles se cumprimentavam, ao se encontrarem se reconheciam.

Eu ficava fora de qualquer aperto de mão. Se todos os moradores de Helsinque tivessem se reunido um dia para falar daquele indivíduo solitário de sotaque estranho que nas mais inesperadas horas do dia andava de um extremo a outro da cidade, subindo e descendo ao acaso dos bondes, teriam descoberto que nenhum deles me conhecia, que nenhum sabia de onde eu vinha.

Mas se os seres humanos não me conheciam, as coisas, sim, sabiam quem era eu: os jardins, os bondes, os edifícios. Eu me peguei muitas vezes falando com as casas esquisitas de Eira, com seus tetos abaulados e suas balaustradas floridas. Sem temer pela minha pronúncia, eu as cumprimentava em finlandês, como velhos amigos. Contava onde estivera, o que tinha feito, pronunciava em voz alta seus nomes esculpidos ou pintados nas fachadas. Gostava de me dirigir sobretudo às árvores da Esplanadi. No fundo, eram as que melhor me conheciam. Mas baixinho, para que ninguém me ouvisse usar com elas aquela confiança inoportuna entre seres de espécies diferentes. Sob as suas folhagens eu me sentia seguro. Tranquilizava-me vê-las agora luxuriantes, sabê-las vivas detrás do seu verde taciturno. Debaixo dos meus pés sentia suas raízes se estenderem, retomarem posse da terra por longos meses abandonada ao gelo, e isso me apaziguava. Vieram as noites brancas. De um extremo ao outro do relógio, extenuantes ocasos destilavam alvoradas densas como gotas de mercúrio. Era impossível permanecer trancado com aquele céu que lá fora nunca se apagava. A luz noturna alagava a cidade com seu silêncio branco, penetrava nos cantos mais recônditos das casas, descia nos subsolos, desentocava as pessoas onde quer que se escondessem e as empurrava para fora. Vagando pelas ruas vazias, de um lado ao outro da baía, até as florestas que circundavam a cidade, todos perseguiam a miragem de eternidade que aqueles dias intermináveis falsamente prometiam. Animado por um frenesi irresistível, eu também ia me atormentar diante do grandioso espetáculo da escuridão que se transformava em luz.

Acima de tudo, me agradava passear ao longo da praia, além da baía de Taivallahti. O mar também parecia se submeter àquela magia. Talvez fosse aquele o mundo dos heróis do *Kalevala*. Nunca extinto, vivia ao lado do nosso, mas era visível apenas aos xamãs, como o pastor Koskela. Nadando nessas fantasias, imaginava navios carregados de guerreiros surgir no mar, cintilantes e eriçados de lanças. Dos troncos atirados na praia eu fazia ídolos de ritos atrozes, dos raios de um temporal que caía ao largo, o furor desmedido do deus Ukko. Aquelas horas roubadas da noite pertenciam de fato a outro tempo, a outro mundo, e era preciso estar completamente embriagado para ser capaz de tocar o infinito que elas deixavam filtrar.

Havia passado mais de um mês de quando recebera a carta de Ilma. Desde aquela tarde, tinha ficado no bolso interno da japona, o que devia ter abrigado o lenço com as minhas iniciais. Eu a tinha relido mil vezes, até sabê-la de cor, e bastava encontrar em meu caderno um verbo, um adjetivo, às vezes um simples par de preposições para que me viesse à mente uma linha inteira dela. Eu perguntara uma a uma a Koskela as palavras que não sabia. Fizera uma lista no meu caderno e, para que não me escapasse nada do que Ilma quisera me dizer, indagara até seus significados mais remotos e improváveis. Quantas vezes, à noite, antes de dormir, tinha sentido o desejo de responder. Havia começado a esboçar mentalmente algumas frases. "Cara Ilma, as coisas que você disse são corretas", eu começava sem nunca conseguir ir além. Enfiei a segunda carta que chegou no mesmo bolso onde pusera a primeira, sem conseguir abri-la por um dia inteiro. Só de noite, depois de ter enchido a cara de *koskenkorva* no hotel Kämp, caminhei até a colina do Kaivopuisto e lá, sentado ao pé da árvore das belas recordações, agora toda viçosa, descolei o envelope e me pus a lê-la.

Viipuri, 22 de maio de 1944

Caro Sampo,

Seu silêncio me entristece, mas no fundo não me surpreende. Com a presunção de o ajudar, procurei lhe impor uma amizade que você talvez não deseje, e tenho de aceitar sua recusa. Na realidade eu é que preciso de você, e mais uma vez me engano. Você quer um passado, eu um presente. Um presente que me distraia da angústia e do medo em que vivo. Não leia estas palavras pensando que eu desejo outra vez socorrê-lo. Não peço para me responder. Deixe que só eu escreva. Me dirigindo a você, de quem no fundo conheço apenas o nome, experimento uma sensação de inusitada confiança, que me liberta e reconforta. Uma confiança nunca experimentada com pessoas que, ao contrário, acreditava conhecer a fundo. Pensar em você faz vibrar na minha alma uma nova sensibilidade, livre do fardo da memória. Sim, da memória. Justo aquilo que você busca com tanta tenacidade é para mim um peso, uma escravidão à qual não tenho força de renunciar. O que recordamos dos outros é, na realidade, apenas a recordação do nosso reflexo neles. Passamos a vida nos aproximando dos nossos semelhantes sem nunca conhecê-los de verdade. Até mesmo das pessoas, das coisas que nos são mais caras não acumulamos mais que um conhecimento empírico, como o que tem o entomologista da borboleta que ele espeta com um alfinete na placa de cortiça da sua coleção. Dos que queremos bem, podemos descrever a cor dos olhos ou dos cabelos, sabemos reconhecer na multidão seu modo de andar, seu perfil, distinguir seu cheiro inconfundível ou sua voz. A distância, a falta deles nos faz sentir mutilados, como se estivéssemos privados de uma parte de nós. Mas desse modo nunca são verdadeiramente nossos. Porque o pertencimento que buscamos os destrói, faz deles objetos privados de vida própria. No vão esforço de tornar menos agudo o mistério da morte, queremos possuir, absorver da vida o máximo que podemos. Não nos damos conta de que desse modo matamos toda coisa que acreditamos amar. Lembra da minha árvore no Kaivopuisto? Há muitos modos de vê-la. Pode-se senti-la como uma rede de vasos linfáticos, de veios, raízes transbordantes de sucos, ligadas a um núcleo palpitante que, através da respiração das folhas, instaura e mantém o fluxo entre terra e céu, entre matéria inerte e ar. Mas também se pode reduzi-la a um simples número, fazer dela uma lei química que regula a decomposição das substâncias e sua transformação. Nos dois casos, apesar de opostos entre si, aquela árvore será uma coisa estranha a nós, uma coisa que observamos, que talvez conheçamos, mas com a qual não temos nenhuma relação. Instaurar uma relação, essa é a chave. Aceitar ir ao encontro de outro sem se apossar dele, sem fazer dele um espelho do que dele esperamos. Era o que eu queria fazer com você. Só com você uma relação assim seria possível. Exatamente porque de você não posso roubar nada. Quando duas pessoas se encontram, inevitavelmente são levadas a declarar uma à outra seu passado, como se declaram álcool e cigarros na fronteira. Para legalizá-lo, para pô-lo a serviço da nova relação que se instaura. Mas isso é uma falsidade. Um expediente presunçoso para reivindicar direitos sobre o passado do outro reunindo recordações que não são as nossas. Você, que não tem passado, não tem uma memória a apresentar, você é um homem livre. Já a minha árvore das belas recordações é um monumento de egocentrismo, um peso que me arrasta para o fundo. Já foi vê-la? Deve estar cheia de folhas agora. Viu, eu a condeno e já a choro! Sem outra pessoa a nosso lado nos vendo viver, estamos mortos e de nada adianta saquear o passado na ilusão de arrancar-lhe seus tesouros. São tesouros que não se podem gastar, moedas falsas que ninguém aceitará. A vida é gasta logo, consumida na hora, quando ainda está quente, como a manjuba frita e a cebolinha da feira. Você foi à feira da praça do mercado? Já estão vendendo flores? No verão passado, perto da estação da barca para as ilhas havia sempre uma velhinha que vendia flores. Não tinha mais que três ou quatro maços, amarrados com barbante e enfiados em latões de margarina cheios d'água. Eu gostava de comprar um buquezinho dela. Não pelas flores, mas pela felicidade que brilhava em seus olhos quando eu punha as moedas na sua mão. Aqui o bom tempo não nos trouxe alívio. De nada servem as flores nos campos, o verde novo dos bosques, o perfume que vem do mar e sopra para longe o fedor da lama seca. Toda essa luz é um escandaloso insulto ao nosso medo negro. Não temos mais nem mesmo a escuridão para nos esconder. Os russos se acham tão perto que nas noites ventosas parece que ouvimos suas vozes em meio ao farfalhar das árvores. De um momento para outro esperamos vê-los sair dos bosques, um a um, depois em grupos, em silenciosas multidões, tão numerosos como só eles sabem ser, e se alastrarem cidade adentro. Talvez seja essa sensação de precariedade que faz certas fibras do nosso coração virem à tona e vibrarem. É em momentos como esse, quando não se espera mais nada, que a gente sente a necessidade de amar a todos os seres humanos que estão à nossa volta como se fossem uma parte de nós, como se nosso povo fosse um único corpo de que cada um de nós é um músculo, um membro, um órgão. Sampo, a você que não conheço, gostaria hoje de pedir que não se esqueça de mim, que não me abandone. Se não pode me escrever, pelo menos pense em mim. Sentirei que está fazendo isso, e para mim será o bastante. Me ajudará a suportar estes tempos duros, a manter vivo o sonho de poder um dia revê-lo.

Abraço você fortemente,
Ilma

Experimentei uma sensação de doce conforto ao reconhecer sua letra. Até as palavras que eu não conhecia se tornavam quase acessíveis, escritas com aquele traço que tinha se tornado familiar. Não sabia que *hyönteistietelijä* queria dizer "entomologista". Mas estava junto de *perhosia*, que quer dizer "borboleta", e assim pude entender. Ocorreu-me que Ilma houvesse construído suas metáforas procurando recorrer somente às palavras que eu podia reconhecer. Percebia seu amargor e, à declaração da sua dor, elevava-se do mais fundo da minha alma um grito de escândalo, partia um impulso que queria socorrê-la, ou apenas responder a ela. Mas tudo caía no suave nada da minha inércia. Ir ao encontro dela significava sair da toca, tomar posse de um destino que não sentia meu, que eu parecia usurpar. Meu lugar era na condenação, na expiação do meu nome, aonde quer que isso pudesse me levar. Fechei o envelope e enfiei-o de volta no bolso. Acima de mim a árvore das recordações farfalhou. Atravessada pelo vento, mostrava as veias prateadas das folhas. Fiquei pensando. Talvez tenha dormido e, ao acordar, não soubesse mais distinguir o que pensei do que sonhei. Quanto tempo havia passado? Entorpecido, me levantei e olhei na direção do vento. A ocidente, o mar tinha ficado negro, como se houvesse bebido a escuridão que faltava ao céu. Relâmpagos sem trovões faiscavam ao longe. Na luz ambreada, a cidade a meus pés acordava sem ter dormido. Despojada da insônia, respirava ofegante. As janelas das casas eram olhos lívidos, as ruas vazias eram corredores sufocados por um ar viciado. No céu incolor a oriente se abrira um corte vermelho, breve mas profundo como uma ferida. Era a alvorada. Ou quem sabe Viipuri pegando fogo.

Voltando à cidade, soube que os russos tinham atacado as posições finlandesas no istmo de Carélia. A tão temida contraofensiva começava. No hotel Kämp havia uma grande agitação.

Muitos jornalistas e repórteres estavam de partida para o front. Reunidos na sala de imprensa com suas bagagens, esperavam impacientes sua vez de pegar o táxi. No bar, a voz marcial do noticiário radiofônico designava as localidades onde estava em curso o ataque, as formações inimigas envolvidas e os regimentos finlandeses que se opunham a elas. Uma pequena multidão entrara para ouvir. A cada nome os rostos ficavam sombrios, alguém chorava, outros olhavam para o vazio sem dizer nada. Os porteiros, os barmen, as telefonistas, todos tinham abandonado seu trabalho para se reunir sob o alto-falante. Os garçons haviam parado de girar entre as mesas. A agitação excitava a mim também. Somei-me aos grupos de pessoas que comentavam as últimas notícias. Um repórter com a máquina fotográfica a tiracolo entrou gritando alguma coisa. Difundiu-se o rumor de que chegara ao porto um navio alemão carregado de armas antitanques e mais outros eram esperados. Algumas noites antes, eu havia notado, atracada no cais do Pohjoissatama, uma embarcação com as insígnias da Marinha alemã. Tinha parado para vê-la. Ela me lembrara o *Tübingen*. O fotógrafo que acabara de entrar se declarou convencido de que tropas alemãs estavam se preparando para desembarcar na Finlândia a fim de lançar uma contraofensiva sobre Leningrado. Mas alguns oficiais reunidos à parte intervieram para liquidar aquela suposição como desprovida de qualquer fundamento. Explicaram que se tratava de ajuda militar. A Alemanha armava a Finlândia para que esta resistisse ao ataque russo. Já havia acontecido isso nos primeiros anos da guerra. Um senhor perto de mim comentou a notícia balançando a cabeça e se afastou. Alguém dirigiu a ele palavras raivosas. Eu também quis dizer a minha e me descobri subitamente loquaz. Disse que a ajuda alemã era um maná do céu, e fiquei todo orgulhoso com a expressão que aprendera com Koskela. Um rapazola atrás de mim deu um passo à frente para se declarar de acordo comigo.

Isso me infundiu uma grande coragem. Impulsionadas pelo frenesi, as frases se construíam mecanicamente na minha mente. Sempre encontrava as palavras adequadas e me espantava por ouvir minha voz pronunciá-las. Meu finlandês não era mais um amálgama de sons angulosos e opacos. Embora ainda hesitasse na concatenação dos casos, agora as palavras saíam da minha boca bem torneadas e claras. As pessoas me escutavam, alguém anuía. Eu sentia que era capaz de fazer um comício, mas atraído pelas outras vozes abandonei a discussão. Ajudei alguns jornalistas estrangeiros a explicar a um taxista aonde queriam ir, repeti para um recém-chegado as localidades do ataque russo e a outro expliquei qual era o assunto que se discutia no bar. Estimulado por aquele fermento, dei por mim vagando pelas ruas. Uma longa coluna de caminhões militares carregados de tropas tinha se formado na Esplanadi, perto da praça do mercado. Sob as lonas, rostos imberbes espiavam para fora. Perdidos e confusos por saberem do grande acontecimento contra o qual a história os lançava, cumprimentavam os passantes com triste alegria. A explosão rítmica dos motores, seu fragor metálico na praça em geral tão silenciosa, faziam pensar no martelar dos canhões na batalha. Apesar do sol brilhante, a cidade parecia de luto. As pessoas andavam sem destino pela rua. Seguiam o clamor, acorriam aonde havia multidão, procuravam com os olhos nos canais luminosos das ruas, passavam adiante a notícia de improváveis acontecimentos que contavam sem acreditar. Vaguei longamente, eu também sem meta, indo aonde quer que notasse aglomerações. Voltei algumas horas depois para a praça do mercado. Os feirantes estavam desmontando as barracas. Algumas lonas se enchiam à plácida brisa marinha. Sentei no cais, distante da multidão, próximo da estação da barca para as ilhas. Cansado, faltava-me fôlego, e todo aquele sol queimava meus olhos. Gostaria de ter ido dormir, mas a simples imagem do dormitório em meu pensamento me angustiava. Não teria conseguido suportar o cheiro do desinfetante, o silêncio em que pairavam abafados rumores, tilintares distantes e, mais, a luz do dia com suas sombras inextinguíveis nas paredes. Voltando de novo os olhos para a praça, vi de pé junto de um cabeço de amarração a florista de Ilma, rodeada por seus latões. Foi uma surpresa agradável reconhecê-la. Comprei um maço de flores do campo e fiquei observando-a cheio de expectativa enquanto lhe dava as moedas. Mas ela não sorriu para mim. Agradeceu humildemente e baixou os olhos para a calçada, embaraçada com o meu olhar insistente. Exausto, resolvi voltar ao hospital. Para evitar o dormitório, tive a ideia de ir colocar as flores no altar. Não era sequer meio-dia e ainda não havia ninguém na igreja. Também lá dentro o sol projetava uma alegria inoportuna. As madeiras, acostumadas com o abraço fumoso do escuro, mostravam seus veios como uma pele frágil, não habituada à luz. Entrei na sacristia e abri em cima da mesa alguns papéis de correspondência que tinha pegado no Kämp. "Cara Ilma", comecei a escrever. Mas não fui adiante. O cansaço curvou minha cabeça sobre a mesa e adormeci.

Encontrei, efetivamente, enfiadas no caderno, algumas folhas de papel de correspondência com o timbre do hotel Kämp, trazendo datas diversas, nas quais se lê apenas "Cara Ilma", calcado várias vezes, até furar o papel, como faz quem fica um bom tempo a pensar perseguindo palavras inapreensíveis. Somente numa vem esboçado um início de frase. "Você tem razão, mas eu...", escreve uma letra incerta, depois mais nada. Só o desespero pode tornar alguém surdo a palavras como as contidas nas cartas da srta. Koivisto. Eu me pergunto se o autor destas páginas tinha compreendido plenamente seu significado. As cópias esmeradas, as listas de verbos e substantivos, a contínua repetição, em outras partes do memorial, de expressões extraídas das cartas, me levam a crer que sim. Estou convencido inclusive de que houve um momento em que aquele homem se preparou de fato para compor uma resposta. Talvez tenha se desencorajado com a dificuldade de exprimir seus sentimentos numa língua que dominava mal. Mas para dizer certas coisas bastam frases simples, às vezes um cartão-postal com uma fórmula de cortesia pesa mais que uma carta de amor. Porém, como sustenta a srta. Koivisto, é mais provável que aquele homem estivesse tão obcecado pela busca da sua identidade que não era mais capaz de viver sua condição. Depois da partida de Koskela, o autor deste memorial, entregue a si mesmo, perdeu gradativamente todo contato com a realidade. Aliás, também o pastor, que, no entanto, devia ter pressentido uma presença feminina nos pensamentos do seu aluno, parece não ter feito nada para encorajá-lo a cultivar seus sentimentos, para ampará-lo no esforço de construir aquela cotidianidade miúda que transforma o provisório em definitivo. Koskela já vivia no delírio que o levaria a se aniquilar. Seus discursos, sua visão do mundo, seu cinismo impiedoso o preparavam para a opção que o pastor já havia feito, o encaminhavam a uma destruição inelutável. Assim, as lindas palavras da srta. Koivisto caíam na aridez de uma mente que ia se apagando. As tentativas de responder talvez tenham sido seus últimos momentos de lucidez.

Numa época distante, eu também acreditei nas promessas escritas no papel de correspondência. Na ilusão de conservá-las, confiava a frágeis folhas de papel sentimentos maiores do que eu, que acreditava dominá-los só porque sabia relatá-los. Na realidade, nisso também eu me comportava como cientista: descrevia meus estados de espírito como teria descrito os sintomas e a evolução de uma doença. Ainda não havia entendido que tudo o que diz respeito ao homem nunca se repete tal qual, não é feito para durar, e que os sentimentos pelos quais eu me deixava exaltar duravam muito menos do que os órgãos que os produziam. Eu me declarava apaixonado com a mesma ligeireza com que alguns pacientes meus se declaravam tuberculosos, como se a tuberculose não fosse uma grave patologia pulmonar mas uma espécie de estado de espírito. Como eles, não tinha consciência da gravidade do meu mal. Parecia-me inclusive que, composta em palavras, a descrição do prodigioso fenômeno que mexia comigo o tornava mais domesticável, mais racional. Eu tinha a ilusão de que, gravados no papel, meus sentimentos se solidificariam e sua solidez se propagaria também a quem lia minhas cartas. Mas um dia, sem que eu esperasse, palavras que soavam muito tempo antes que eu pudesse lê-las me atingiram e me mataram. Das muitas crueldades que, mesmo sem querer, a pessoa que a gente ama pode nos infligir, essa é a pior.

Em Hamburgo, num entardecer de outono, voltando da universidade, eu tinha parado no porto para contemplar o pôr do sol. O ar era quente, insólito para aquela estação. Os vidros da cidade estavam vermelhos. Até os trilhos do bonde eram um emaranhado de estrias ardentes. De repente, no céu perolado do oriente, surpreendi o voo silencioso de um bando de cegonhas que migravam. Logo passaram acima de mim, grandes, majestosas. Sua sombra deslizou em meu corpo como um abraço. Aquela visão, aquele ar suave infundiram serenidade no meu coração. Olhei além do mar cor de ferro e deixei aflorar na minha mente o rosto caro da moça que eu tinha deixado em Helsinque. Dediquei a ela aquele momento, aquele pôr do sol, aquele voo. Algumas semanas depois recebi uma carta. Palavras secas como espinhos descreviam a extinção de todo sentimento com uma precisão impiedosa. Pela data no alto da folha, pela hora do dia descrita nas primeiras linhas, compreendi: as palavras que me aterrorizavam foram escritas justo na noite das cegonhas. Enquanto eu lhe dedicava a preciosa alegria daquele momento, ela assinava a minha condenação.

* * *

Foi numa noite de junho que o pastor Koskela partiu. Não me disse nada das suas intenções. Não falou delas com ninguém. Não deixou nenhum bilhete, nenhuma palavra. O espanto e o desconcerto que sua partida causaram no hospital me fizeram entender que havia tempos Koskela já não tinha relações com seus colegas do corpo médico, nem com os feridos que visitava cotidianamente. Como se se dirigisse toda vez à mesma pessoa, continuava com uma o discurso que começara com outra. Falava de coisas obscuras, de um Deus a quem nunca chamava pelo nome e cujo fim pressagiava. Tinha se isolado do mundo e vivia como um náufrago em meio aos seus pensamentos. Partir era portanto a coisa mais natural que podia fazer, o ato que completava um longo e atormentado processo de estranhamento.

Só compreendi isso depois, mas na noite antes de ir embora, o capelão militar Olof Koskela quisera a seu modo se despedir de mim. Depois do ofício, eu havia apagado como sempre a última vela do altar e juntado os missais. Começava para mim a angústia de mais uma noite branca a passar. Eu demorava entre os bancos da igreja para roer alguns minutos daquela hora que se anunciava interminável. Quando acabei tudo o que havia para fazer, esgotou-se qualquer desculpa para ficar ali dentro e apareci na porta da sacristia para cumprimentar o pastor. Encontrei-o sentado à mesa. Tinha diante de si o livro do *Kalevala*. As ilustrações coloridas brilhavam à luz do sol que se punha. O pequeno armário de maçanetas de vidro estava aberto e a garrafa de *koskenkorva* estava em cima da mesa com os dois copinhos. Tudo como na hora da nossa lição. Sem dizer nada, entrei. Koskela esperava que eu sentasse. Toda vez que o pastor começava a falar, eu me concentrava na escuta certo de compreendê-lo. Efetivamente, com o tempo e o exercício, minha compreensão do seu finlandês se ampliara. Mas era principalmente no início do discurso, quando o raciocínio apenas tomava rumo e a premissa ainda estava fresca, que eu conseguia pular de uma frase a outra sem perder o equilíbrio. Palavras e pensamento corriam retos como um par de trilhos e eu ouvia a máquina gramatical se embalar fluidamente no movimento harmonioso da língua. No entanto, quanto mais Koskela galgava as íngremes subidas da sua cosmogonia, mais dificuldades eu tinha para acompanhá-lo. Às vezes, percebendo o meu esforço, ele reformulava certas ideias com palavras mais simples. Mas era uma atenção dos primeiros tempos, que ele acabou esquecendo. Naquela noite também, eu me postei em frente ao pastor fixando o olhar em sua boca para não deixar escapar um só movimento dos seus lábios.

"Foi Väinämöinen, o grande *runoilija*, que fez de nós um povo. Antes éramos uns selvagens sem história, gente nômade que semeava seus mortos por onde passava. Väinämöinen nos deu uma terra, nos ensinou as artes do ferro e da guerra, a caça e a agricultura. Mas havia uma coisa, uma só, que Väinämöinen sabia não poder fazer para nós: vencer o mal que há em todas as coisas deste mundo. Contra ele não podemos nada, nem nós nem os outros seres humanos. Nisso pensava Väinämöinen na noite da grande festa do verão. Depois da caçada, enquanto as carnes de urso eram assadas nas brasas, enquanto se preparava o grande banquete para festejar o retorno do bom tempo, das galinhas-d'água no céu e do salmão nos rios, Väinämöinen se lembrava. Já estavam longe os tempos heroicos que o tinham visto nascer. Sozinho desbravara aquela terra, a livrara dos bosques e das serpentes. Seu povo havia crescido numeroso. Graças a ele, agora conhecia o canto e possuía o Sampo mágico. Diante das fogueiras do banquete, naquela melancólica noite de junho, porque embora o *Kalevala* não o diga tenho certeza de que devia ser uma noite de junho, branca e ofuscante como esta, Väinämöinen compreendeu que perderia aquela derradeira batalha. A dor não é coisa que se possa compartilhar. Cada qual deve pagar a parte que lhe toca. O grande *runoilija* se sentiu demasiadamente fraco e velho para enfrentar mais esse desafio. E resolveu então partir, retornar à água imóvel da qual viera, nos confins da criação, onde habita Antero Vipunen e todos os maiores xamãs que, saídos de si mesmos, vagam em torno da carcaça vazia de seus corpos como que em torno de um templo antigo invadido pelo mato."

O pastor parara. Eu achava que era para pensar ou tomar fôlego. Na verdade parecia ouvir alguma coisa, parecia esperar um ruído. Aproximou-se da janela e apurou o ouvido. Eu também fiquei imóvel. Mas lá de fora vinha apenas o sopro do vento entre as árvores. Koskela pareceu então voltar a si. Esvaziou seu copinho de *koskenkorva* e continuou.

"Gerações futuras, vejam bem como criam seus filhos, não deixem que seja um estranho a acalentá-los, a pô-los para dormir. As crianças acalentadas sem ternura, criadas sem cuidado, educadas com dureza não se tornarão inteligentes, não terão o dom da sabedoria, nunca serão homens, mesmo que cresçam vigorosas e vivam cem anos! Com essas palavras, muitos e muitos anos antes, o velho Väinämöinen tinha recebido a notícia da morte de Kullervo, filho de Kalervo. Na noite do grande banquete não passaria pela cabeça de ninguém falar dele, lembrá-lo, logo ele, que havia matado a mulher de Ilmarinen, a virgem de Pohjola, que tinha violentado sua própria irmã e posto fim à vida se jogando sobre a própria espada. Mas pensando no mal que persegue os homens, que se insinua até nas coisas mais belas e vem achá-los onde quer que vão se esconder, Väinämöinen se lembrou do feroz Kullervo, da sua vida desventurada. Tanta ferocidade não é própria do homem. A semente do ódio encontramos nesta terra e a semeamos junto com a do centeio, acreditando-a boa. Quem semeou esse ódio foi Untamo, quando exterminou a família do seu irmão Kalervo, queimou sua aldeia e aprisionou a única sobrevivente, uma mulher grávida. O menino que nasceu foi Kullervo. Sua mãe cultivou nele o ódio e a vingança. Cresceu escravo e sem recordações, porque não havia nada na sua vida a recordar. Da gente de Untamo recebeu pontapés em vez de carícias, insultos em vez de ternura, machados para cortar lenha em vez de brinquedos. Por sua mãe foi educado para a ferocidade. Dia após dia a mulher inspecionava sua alma extirpando dela todo germe de sofrimento, porque queria que dentro do filho só houvesse deserto. Kullervo não teve infância."

A sala estava mergulhada numa penumbra avermelhada. Koskela acendeu uma vela, e a grossa chama desencavou seu rosto do escuro. Os gestos do pastor agora se projetavam na parede, servindo de fundo para a sua história. Naquelas sombras eu via Untamo erguer o cutelo, via as chamas da aldeia de Kalervo, cenas de outra vida que a voz de Koskela, como uma fórmula mediúnica, evocava fazendo-as desfilar, enigmáticas, na parede em minha frente.

"Quando Untamo viu a bestialidade que cegava o olhar daquele menino, teve medo. Compreendeu que aquele pequeno ser seria o instrumento da sua morte. Ordenou então que o menino fosse fechado num tonel e jogado no mar. Mas quando, três dias e três noites depois, o tonel voltou à praia, Kullervo foi encontrado ileso. O ódio que havia nele o mantivera vivo. Untamo ordenou então que fizessem uma grande pilha de lenha e que o menino fosse amarrado no meio dela. Mas quando três dias depois as chamas se apagaram, metido nas cinzas até os joelhos, Kullervo ainda estava vivo e seu olhar brilhava como o fogo que deveria tê-lo destruído. Untamo então o expulsou da aldeia, esperando assim esconjurar sua ameaça. Kullervo foi comprado pelo ferreiro Ilmarinen, que tentou fazer dele um bom servo. Mas Kullervo era uma fera, tinha nascido para odiar e destruir. Trucidou a mulher do ferreiro, a linda virgem de Pohjola, e fugiu para as florestas do norte, banido da sociedade dos homens pela atrocidade que havia cometido. Era sem sombra de dúvida um demônio a velha que o encontrou à beira do rio negro que separa a terra de Kaleva de Tuonela, o reino dos mortos. Foi ela que lhe revelou que seu pai, sua mãe e sua irmã ainda estavam vivos, nas margens do lago nos confins com a Lapônia. 'Meu filho infeliz, tu ainda andas por este mundo de olhos abertos?' Com essas palavras a mãe o acolheu. Mas já nem mesmo o afeto da família podia desviar Kullervo da sua missão bestial. Em vão seu pai procurou lhe ensinar a ser útil. Mandou-o pescar. Mas suas mãos eram fortes demais para empunhar os remos do barco, eram adestradas para esmigalhar, para destruir. Quebrou os remos, a quilha. Então seu pai lhe disse que puxasse as redes e batesse a água para capturar os peixes. Mas Kullervo fez dos peixes gelatina e reduziu as redes a estopa.

"Sem esperança, o pai lhe disse então que pegasse o trenó e fosse pagar os tributos.

"'Talvez tua força seja útil para a viagem', suspirou o genitor. Foi no caminho de volta, enquanto corria pelas terras de Pohjola com grande estrépito, que Kullervo encontrou sua irmã e, sem reconhecê-la, a violentou. Quando, regressando a casa, compreendeu o que havia feito, se desesperou. 'Quem dera eu encontrasse a morte na goela do urso bramante ou no ventre da barracuda!', urrava o infeliz, chorando ajoelhado diante da mãe.

"'Não, filho, não vai adiantar, nem o tempo jamais poderá te trazer alívio ou perdão enquanto não se consumar o que desde sempre deve acontecer', respondeu-lhe a mulher, arrasada. Sabia que só quando ele massacrasse a estirpe de Untamo o filho se libertaria do ódio que ela mesma lhe havia semeado no coração. Agora tinha se tornado uma árvore gigantesca e nodosa que nenhum machado conseguia ferir."

Sucessivamente, Koskela havia se transformado em lobo, em urso e em barracuda. Agora era a árvore, imóvel no meio da sala. Sua pele tinha se tornado casca, seus braços abertos, galhos nodosos, carregados de expectativa. Respirava fundo. Como as árvores verdadeiras lá de fora, farfalhava ao vento noturno.

"No dia em que partiu para guerrear Untamo, Kullervo não sabia que nunca mais reveria a mãe, que com a sua missão se consumava também sua vida, se extinguia a dor que a tinha deflagrado. À mãe, como a toda mãe, aquilo doía. Mas não podia conter o filho. Sonhara para ele uma vida feliz, sonhara para ela uma velhice tranquila junto dele. O destino havia disposto de outro modo, e esse destino agora se consumava inexoravelmente. A mulher implorou em vão ao filho que ficasse. Ela o preferia vivo e maldito a morto e redimido. Implacável, Kullervo exterminou a gente de Untamo e da aldeia desta só deixou cinzas. Quando voltou para casa e lá encontrou apenas o velho cachorro, Musti, compreendeu que era o fim de tudo. O remorso o matou. Porque nada mais poderia fazê-lo."

* * *

Koskela se interrompeu de novo, verteu mais *koskenkorva* nos copinhos e de novo virou o seu de um gole. Havia muitas palavras estranhas na sua história daquela noite. Muitos objetos que eu nunca tinha ouvido citar. Mas não tinha coragem de interrompê-lo para lhe pedir explicações. Mesmo quando eu perdia o fio do discurso, me encantava ouvi-lo falar. Na escuridão eu não conseguia mais ler seus lábios. Seus olhos eram duas crateras em seu rosto lunar. A boca era um vórtice negro, um vulcão que cuspia sons. Eram esses que eu escutava, não mais as palavras. Gostava principalmente dos nomes: Antero, Kullervo, Untamo, Kalervo. Não eram apenas nomes, eram fórmulas mágicas. Parecia que, ao pronunciá-las, como monstros que se abrigavam em suas vísceras elas saíam vivas da boca do pastor e se punham a vagar pelo cômodo gemendo pela sua sorte e dançando endemoniadas.

"Esse mal, o mesmo que animou os crimes de Kullervo, ainda hoje estamos combatendo. E Väinämöinen tinha razão. Nada podemos contra ele. A vida humana se acende, queima e se extingue sem consumir um só pedacinho de toda a dor que leva dentro de si. Ao contrário, todo homem que nasce, toda vida que se acrescenta à vida alimenta esse animal insaciável. Ele cresce sem parar devorando tudo à sua volta, como aqueles peixes imundos que vivem no fundo lamacento dos lagos sem algas. Então a única coisa que nos resta fazer é negar a eles seu nutriente. Se da nossa vida se nutre o mal do mundo, só sem a nossa vida ele passará fome e morrerá. Por isso é urgente matar, por isso toda guerra é boa. Para que cada morte nos aproxime da meta!"

* * *

Agora havia raiva nos olhos do pastor. Sua sombra furibunda açoitava a sala, senti a necessidade de me levantar da cadeira para me proteger. Tinha me encostado na parede, a mesma que Koskela costumava fitar durante suas alucinações. Com as mãos nas costas tateava suas fissuras e suas porosidades. Eu tinha a impressão de que eram sinais iniciáticos, e aquela parede, a porta secreta de outro mundo. À luz trêmula da vela, reconheci no volume aberto do *Kalevala* a figura de Kullervo, a pintura de Gallen-Kallela que várias vezes Koskela havia me mostrado. Os olhos apontados para o céu, o esgar de surpreso furor no rosto e o punho cerrado num gesto seco mas poderoso me arrepiaram. A luz vermelha que entrava pela janela se tingiu lentamente de cinza. O sol afundava atrás das florestas e a crosta salgada das nuvens se fechava sobre a cidade insone. Já sem sombra, na moldura diáfana da janela, o pastor agitava o punho:

"Qual é a mensagem da cruz se não a morte? Na sua impotência diante do mal, Deus quis nos ensinar isto: a saída!"

Naquela noite sonhei com uma horda de soldados que saíam do mar silenciosos e assaltavam a cidade. Tinham grumos negros no lugar dos olhos. De seus rostos só se distinguia a boca contraída no esforço. Corriam ofegantes pelas ruas do centro e seus passos ribombavam no calçamento como os rufos de um tambor com o fundo roto. Qual insetos negros, formigavam por toda parte. Entravam em massa na Suurtori, subiam a escadaria da catedral e desciam do outro lado. Corriam mas não paravam, não atiravam, não tinham armas. Atravessavam a cidade, passavam em meio à gente aterrorizada e desapareciam nos bosques, mergulhavam nos lagos e não emergiam mais. Então compreendemos de repente que eram eles que tinham medo de nós, eram eles que fugiam. Corríamos ao encontro deles para pegá-los, mas eram muitos, passavam como sombras, como nuvens no céu, como bandos de ratos. Não restou mais nada deles. Só nossos gritos que os perseguiam.

Acordei com a sensação de não ter dormido nada. Minha cabeça doía e tinha na boca um sabor ácido. A luz rósea da alvorada aquecia as paredes do quarto. Algo me dizia que era tarde. O sino não havia tocado. Subitamente entendi. Entrando na igreja já sem pressa, encontrei as enfermeiras agitadas murmurando palavras de desapontamento sem sair de seus bancos. A porta da sacristia estava escancarada. Na mesa havia ficado a garrafa de *koskenkorva* pela metade e o *Kalevala* aberto na página de Kullervo.

Nos dias que se seguiram à partida de Koskela, me agarrei ao estudo como a uma tábua de salvação. Na hora do dia em que me dava suas aulas, eu me encerrava na sacristia estudando cada palavra que havia recolhido no meu caderno, declinando-a em todos os casos possíveis. De cada verbo eu conjugava todos os tempos que conhecia, inclusive as mais intrincadas formas do passivo, o condicional, até o passado potencial, e nem mesmo os verbos irregulares com alternância consonantal me metiam medo: tinha tudo na cabeça, os "p" que viravam "v", os "lke" que viravam "lje", os "ht" que viravam "hd". Forte ou fraco, não havia tema do verbo que eu não soubesse reconhecer na selva das mutações silábicas em que bastava acrescentar uma vogal para fazer três consoantes desaparecerem, ou naqueles nomes sem um só ditongo, em que o "i" do plural fazia ir pelos ares toda sílaba que não fosse protegida por sólidas dentais. Só os temas polissilábicos às vezes me induziam a erro, e então eu enchia páginas inteiras com eles para me exercitar e sentia um prazer malsão ao ver aquelas folhas repletas de palavras, aqueles concentrados de gramática nos quais a cada linha desfilavam três ou quatro regras, uma emaranhada nas exceções da outra mas sempre correta. Página após página, quando cheguei ao fim do meu caderno, quando esgotei até os papéis de correspondência timbrados do hotel Kämp, consegui com as enfermeiras papel de embrulho. Abria-os na mesa como se fossem mapas da minha batalha e enchia cada canto deles com fórmulas tão intensas quanto equações, nas quais cada letra que eu escrevia pesava um quintal em raciocínio. Frágeis como castelos de cartas, mas logicamente indestrutíveis, aqueles condensados de sintaxe eram as minhas defesas contra um inimigo que me atacava por dentro. Sem carros de combate, sem bombardeiros, todo dia me surpreendia num front diferente. Eu me lançava a descoberto, longe dos esconderijos da razão, no abismo dos pensamentos lúgubres e vertiginosos. Então eram necessários todos os quinze casos do finlandês, as quatro formas do infinitivo, e até o mais-que-perfeito negativo para manter minha mente empenhada, arrastá-la para longe daquele bombardeio de saturação. Então até o meu nome eu declinava: "sampo" como um substantivo, desses que tornam o partitivo plural um pouco estranho, e "karjalainen" como um adjetivo, este ao menos regular, redondo e perfeito como um círculo. Mais uma vez meu nome era tudo o que eu tinha. Aquela etiqueta gasta na gola da minha japona era minha carteira de identidade, minha única razão de existir. Era a frágil linha de defesa que ainda me permitia abastecer minhas trincheiras e resistir à tentação de desaparecer, de me aniquilar também, como o pastor Koskela, de voltar à escuridão de onde tinha vindo. Quantas vezes pensei nas palavras do dr. Friari, quando me incentivava a amar a língua finlandesa, a me abandonar a ela como nos braços de uma mulher. Então deveria se reavivar o fogo que ainda estava vivo sob as cinzas. Fazia meses que soprava aquelas brasas, fazia meses que atiçava uma chama que não queria arder. As palavras saíam da minha boca e desapareciam como pedras atiradas no mar. Nada restava delas em meu cérebro. Minha memória não passava de uma lista de palavras, um dicionário, um manual de conversação. Ilma, talvez Ilma fosse a saída. Mas eu não podia amar Ilma sem antes saber quem eu era. Não podia lhe oferecer o coração de um desconhecido. Precisamente porque gostava dela, não podia amá-la. Nem meus sentimentos eram de fato meus. Eu tinha o nome do corpo que carregava, mas não possuía seu coração. Isso o dr. Friari nunca teria compreendido. Isso, precisamente isso, eu não tinha as palavras para explicar. Depois de todos aqueles meses, me dei conta de que estava só como no primeiro dia. A angústia que me prosternara na cama naquela tarde em que eu acabara de chegar ainda estava toda dentro de mim.

Se eu houvesse podido estar ao lado daquele homem em sua estada na Finlândia, tenho certeza de que hoje riríamos juntos de Sampo Karjalainen. Iríamos ao Kappeli e diante de uma caneca de cerveja nos contaríamos cada um sua guerra, eu a bordo do Tübingen, *ele pelas ruas de Helsinque. Então, até este inverno escuro clarearia, empenharia toda a sua neve e todas as suas estrelas para se fazer esquecer. É ainda mais amargo ler estas linhas se penso em quão pouco lhe faltava para se pôr a salvo. Se houvesse resistido mais algumas semanas, a guerra teria terminado, a srta. Koivisto teria voltado para Helsinque e tudo teria sido diferente. Porque, por mais insensível que esteja, uma mente não sabe resistir sozinha a uma mulher apaixonada. Uma mulher apaixonada é uma presença física. Um corpo que entre todos os corpos da terra procura e quer somente o nosso. Somos animais, somos feitos de carne e de sangue, temos necessidade do corpo para sentir a alma. De tudo o que perdemos, é o corpo que choramos e se pudéssemos conservá-lo, ainda que extinto, ainda que mudo mas intacto, ficaríamos satisfeitos. Para os corpos estamos prontos a erguer pirâmides, e mesmo depois de cem anos um homem não está morto enquanto não encontram seu corpo. Chamamos a ele desaparecido, o imaginamos avançando numa terra distante e hostil, obstinado em viver, obstinado em regressar. Não podemos ajudá-lo, não podemos ir ao encontro dele, porque quem se afasta tanto está sempre errado e tem de pagar um preço, um resgate. Não podemos fazer outra coisa senão esperá-lo, temos o dever de esperá-lo, ainda que por toda a vida. Só a restituição do corpo nos liberta da espera.*

É uma triste consolação me dar conta de que meus conselhos estavam corretos. Só uma mulher poderia ter salvado aquele homem, e a srta. Ilma quase conseguiu. Eu tinha razão. Meu diagnóstico foi perfeito, a medicina foi a correta. Mas o doente era outro.

Estas últimas páginas se acham em mau estado. Apresentam manchas de líquido, talvez de koskenkorva, *em que o escrito se dissolveu, mas sem que o essencial do texto se perdesse. Não encontrei vestígio do segundo caderno de exercícios de que o autor fala, presumivelmente reservado apenas ao estudo do finlandês, nem das folhas de papel de embrulho oferecidas pelas enfermeiras. Daqui em diante, o memorial não é mais escrito a tinta, mas a lápis e, embora mais desordenado que a parte precedente, revela o maior domínio da língua que esse homem havia adquirido à força. Até os erros são agora mais escolares, devidos muitas vezes à discrepância entre língua falada e língua escrita. Pode-se dizer que aquele homem acabara de fato aprendendo, ou melhor, construindo uma língua toda sua, trabalhada à mão e talhada grosseiramente, na qual cada palavra, para entrar em seu significado, necessitava a cada vez de correções e aprimoramentos.*

Como uma língua assim devia soar, é difícil imaginar. A srta. Koivisto diz que ele conseguia se fazer entender eficazmente, apesar de ter com frequência de reformular suas frases várias vezes antes de elas se tornarem compreensíveis. Alternava construções rudimentares e gramaticalmente incorretas com sentenças livrescas ou expressões idiomáticas, às vezes usadas no contexto errado. Não tinha nenhuma percepção dos registros linguísticos e misturava adjetivos extraídos da Bíblia com substantivos que ouvia no bar do hotel Kämp. Não dava a impressão de conhecer as regras, mas parecia ter aprendido as formas flexionadas das palavras de acordo com seu uso. Do mesmo modo, servia-se dos verbos preferindo as construções mais simples do impessoal passivo. Como neurologista, ainda não consigo entender esse prodígio. Minha ciência não pode explicar como aquele homem pôde construir do nada uma personalidade e uma língua somente com a força da vontade. Nossa mente tem de fato um poder desmedido do qual não temos consciência. Xamãs, santos e loucos, de diferentes maneiras, dominam essa arma mortífera que às vezes os mata. Passam a fronteira dessa dimensão desconhecida e em seus delírios nos trazem retalhos para nós indecifráveis.

Só nos demos conta do que estava verdadeiramente acontecendo no istmo de Carélia depois da Batalha de Kuuterselkä, quando começaram a chegar a Helsinque os primeiros feridos. Os caminhões do corpo médico os levavam para a cidade de noite, para que as pessoas não os vissem. Eu os ouvia chegar, via-os entrar no pátio coberto pela névoa. Então começava a me vestir. Ficava esperando sentado na cama que as enfermeiras viessem me chamar. Na luz pálida, as ataduras daqueles desgraçados eram da mesma cor do cascalho do pátio. Saíam de sob as lonas como fantasmas que reuníamos e lentamente acompanhávamos para dentro, apoiando quem não podia caminhar. Foram levados para a ala mais interna do hospital, aquela em que se encontrava o dormitório. Quase todos eram bastante jovens, mais atormentados por aquilo de que haviam escapado que por seus ferimentos. Do front não gostavam de falar e respondiam com monossílabos às perguntas das enfermeiras. Muitos estavam febris e por vários dias só víamos deles a silhueta desenhada pelos lençóis. Os outros ficavam deitados olhando para o teto ou, se podiam se levantar, andavam pelo corredor, onde passeavam de um lado para outro fumando cigarros que nunca se consumiam. Os poucos veteranos da Guerra de Inverno que havia entre eles nos contaram a derrocada de Valkeasaari. Disseram que nunca tinham visto uma fúria igual, que daquela vez os russos usavam para valer veículos pesados. A linha de defesa de Kuuterselkä também caíra ao primeiro tranco. Mas como se podia resistir a um choque como aquele? As declarações dos soldados, as perguntas das enfermeiras deixavam transparecer uma preocupação comum, mantida em segredo: a inquieta alusão a um lugar que ninguém ousava designar. Eu havia procurado no mapa as localidades de que ouvia falar. Todas ficavam inexoravelmente em torno de Viipuri, como um cerco que se apertava cada vez mais. As pessoas comentavam as notícias dos jornais sem nunca mencionar explicitamente o nome da grande cidade, quase por superstição, como se não falando nela fosse possível fazer os próprios russos se esquecerem da sua existência. No refeitório do hospital os demais pacientes se reuniam em torno dos soldados que voltavam do istmo, ouviam com atenção seus relatos, buscando neles um sinal, mínimo que fosse, de que os russos dirigiam para outro ponto seu ataque, que Viipuri estava salva. Tudo servia para confortar essa convicção. Os boatos que corriam, as cartas do front, as mais estapafúrdias considerações táticas de algum combatente. Animavam-se repetindo que a capital da Carélia era muito bem defendida, que os russos não correriam o risco de ter perdas consideráveis para atacá-la. Os alemães estavam se retirando, Leningrado estava salva. Por que os russos iriam se encarniçar contra Viipuri?

Em meados de junho até três das camas vagas do dormitório tiveram de ser ocupadas, e por alguns dias não fiquei mais sozinho. Apenas por alguns dias. Porque meus companheiros de quarto eram oficiais russos feitos prisioneiros e logo foram transferidos para outro local. Nos dias restantes, eu ouvia curioso a língua deles, tão diferente do finlandês. Fingindo ler meu caderno, espiava seus gestos, seus rostos. Então eram esses os russos? Pensei nos discursos de Koskela, na catedral Uspenski, no medo de Ilma. Os três soldados haviam ocupado as três camas do outro lado da grande sala. Entre mim e eles se estendia, como uma fronteira, o pavimento de ladrilhos vermelhos. Eles também me observavam. Quando fumavam, às vezes me atiravam um cigarro. Eu agradecia com um aceno da cabeça e, para mostrar reconhecimento, o acendia logo. Depois deixava queimar sem fumá-lo, porque eram amargos e fortes demais. Um deles estava ferido no pé e se movia com ajuda de muletas. Os outros dois tinham a cabeça enfaixada. Ficavam o dia inteiro encerrados lá dentro, vigiados por dois guardas no corredor. Quando eu voltava, noite alta, encontrava os três dormindo, os uniformes arrumados com cuidado no baú de ferro, as botinas ao pé da cama. No corredor eu via brilhar as brasas dos cigarros dos soldados de guarda e me sentia tranquilizado. Não porque tivesse medo dos russos, mas porque me agradava pensar que os soldados ali fora velavam a mim também, mantinham distantes os sonhos opressores que me assaltavam na solidão do sono. A presença dos russos havia animado o dormitório, eles o haviam deixado mais acolhedor. Uma noite em que arranjara uma garrafa de bebida no Kämp, voltei para o hospital antes da hora costumeira, esperando encontrar os russos acordados. Estavam jogando baralho. Convidaram-me a sentar com eles. Não entendia nada do jogo, olhava para as figuras douradas das cartas e elas me pareciam os santos da catedral Uspenski. A garrafa foi saudada com grandes tapas nos ombros. Num instante foi esvaziada. Nós nos consolamos com os cigarros, porque estes não faltavam, e até entabulamos uma espécie de conversa, com gestos, pedaços de palavras desenhados no ar. Um dos três oficiais, aquele com uma fita vermelha na túnica, falava um finlandês escoriado. Botava uma palavra em cima da outra, depois as separava com as mãos. Para os verbos, ele usava as mãos: fazendo movimentos enxutos e desenvoltos, inclusive os mais complicados, como se tivesse o costume de se expressar daquele modo. Mostrou-me fotos amarrotadas de crianças e mulheres que tinham um desenho de sobrancelhas igual ao seu. Tirava-as da carteira e as colocava de volta com o maior cuidado. Procurou até me explicar onde ficava a sua cidade num mapa imaginário da Rússia, traçado com um dedo na parede. Fui pegar no meu baú o mapa da Europa que Koskela usava para as suas lições. Aquele com o qual me descrevera as errôneas migrações dos ugro-fínicos. Mas não adiantou muito, porque parava nos Urais. Quando o estendemos no chão, resultou que a cidade do russo ficava mais de dois ladrilhos além da borda.

"*Suuri, Russia on suuri maa!*", exclamou rindo e dando um soco no chão. Aquela noite de junho foi a última vez que senti dirigido a mim o calor de um ser humano, a última vez que falei ao coração de um semelhante. Na manhã seguinte, quando voltei ao dormitório depois da missa, encontrei as três camas vazias, os colchões enrolados. Na parede branca me pareceu distinguir a silhueta da Rússia que o oficial havia traçado com o dedo.

Agora era um pastor da catedral vizinha que vinha dizer a

missa na capela do hospital. Mas depois de ter ouvido as prédicas de Koskela, os sermões do novo oficiante me pareciam catecismo para crianças. Falava uma língua óbvia, escrita com as palavras do missal, que eu entendia sem dificuldade e sem interesse. Apesar de ter oferecido ao recém-chegado minha colaboração de sacristão, não procurei sua amizade. Ao contrário, evitei qualquer intimidade. Tinha com ele a conversa necessária para as incumbências da igreja, e só. Apesar da minha indiferença, o novo pastor se mostrou amável comigo e, percebendo meus interesses linguísticos, talvez por sugestão das enfermeiras me deu de presente um caderno novo, de folhas sem pauta. Isso não mudou minha atitude em relação a ele. Como eu fizera com Koskela, de manhã lavava o chão e tirava o pó dos objetos sacros, de noite acendia o círio do primeiro ofício e no fim arrumava os missais. Mas a intimidade que eu havia estabelecido com Koskela era irrepetível. Ela era fruto de um longo e delicado cultivo, e eu não queria estragar sua lembrança com um substituto. O novo pastor não usava a sacristia. Preparava seus sermões em outro lugar e só vinha à saleta para deixar o chapéu. Eu pusera de volta no armário o *Kalevala* de Koskela e a garrafa de *koskenkorva*, e às vezes, depois do ofício, quando o pastor já tinha ido embora, me demorava ali dentro, recordando. Comigo a multiplicação da *koskenkorva* não funcionava. Quando tomei tudo, a garrafa permaneceu inexoravelmente vazia. Mas aquela garrafa vazia também era uma recordação do meu único amigo. Levei-a com o *Kalevala* e a depositei no meu baú, como uma relíquia. O rótulo descorado, o cheiro adocicado que ainda conservava, me faziam lembrar das primeiras tardes na sacristia, do crepitar da estufa, do gelo grudado nos vidros, daquele inverno que agora parecia tão distante.

Numa noite sufocante, eu rolava na cama incapaz de pegar no sono quando uma enfermeira veio me pedir que chamasse com urgência o pastor. O estado de um dos feridos que havia chegado na véspera se agravara, um soldado simples, pertencente a uma divisão antitanque, que tivera uma perna amputada. Eu me lembrava dele porque era o único do comboio que descemos do caminhão com a maca. Ferido na Batalha de Kuuterselkä, tinha ficado muitas horas sem socorro, jogado na cratera aberta por uma mina, sob o fogo dos russos. Só de noite os maqueiros tinham conseguido ir recolhê-lo na terra de ninguém. A febre diftérica que havia contraído nos dias seguintes tornara necessária sua transferência imediata, para evitar o contágio das tropas. Foi assim que chegou a Helsinque. Debilitado e exangue, naquela noite fora acometido de uma forte disenteria. Estava completamente desidratado. O médico lhe dava poucas horas de vida. Pulei da cama, saí correndo pelo pátio, depois pela Unioninkatu, onde meus passos ecoavam na pedra ainda quente de todo o sol do dia. As têmporas pulsavam, eu sentia o suor escorrer pela espinha. Cheguei rápido à Suurtori, passei pela catedral e fui bater no prédio baixo, do lado oriental da praça. Com palavras truncadas pela respiração arquejante, expliquei a situação ao pastor que me seguiu apressado terminando de abotoar a camisa na rua. O ferido estava instalado numa sala tão grande quanto aquela em que eu me alojava. Perto do ambulatório e longe dos quartos, fazia as vezes de sala de isolamento. Jazia no último dos seis leitos. Os outros estavam vazios. Uma enfermeira aplicava na testa do moribundo compressas de água fria que tirava de um balde a seus pés. Do outro lado da cama, o médico em mangas de camisa controlava seu pulso. Na sala reinava um cheiro carnoso, de fezes e de sangue, permeado de relentos de ácido fenólico. A brisa ligeira que entrava pela janela aberta se extinguia, impotente, contra ele. Uma lamparina a petróleo, pendurada no balaústre da cama, lançava no doente uma luz oblíqua que se refletia no metal dos outros leitos, desenhando no teto uma malha de fios cintilantes.

"Está consciente?", perguntou o pastor em voz baixa. O médico fez que sim e recuou. A enfermeira pegou o balde e foi se postar ao pé da cama. Quando o rosto do pastor penetrou no facho de luz azul, suas feições endureceram, escavadas por sombras profundas e frias. Dos cílios densos escorreram na testa filetes negros, dos olhos só restaram duas cavidades vazias. Inclinando-se sobre o doente, o sacerdote fez ondular sem querer o crucifixo que trazia pendurado no pescoço, e a sombra deste se ampliou na parede.

"Padre! Minha perna está doendo. Está toda quente, molhada!", queixou-se o soldado. De pé junto da cama, o pastor tinha aberto o breviário. Virando o livro para a luz azul de modo a conseguir ler, havia entoado uma oração.

"Dali não se passa, padre! Não vá! É perigoso!", dizia o soldado, agarrando-se ao casaco do pastor. A enfermeira correu para o outro lado da cama. Molhando sua testa, sussurrou palavras que pareceram acalmá-lo.

"É a estrada de Mustamaki, aquela linha branca ali. Do outro lado estão os russos. É de lá que atiram! Tomaram a ferrovia, avançam com os tanques!"

O ferido continuava a se agitar e sua voz arrastada encobria a do pastor. Olhava para o breviário aberto acima dele como se fosse o bisturi que estivessem para baixar uma vez mais sobre seu corpo.

"Não vá, padre! Eles não têm medo de morrer, eles são diferentes de nós. Foi o senhor que disse, padre! Eles vão para o paraíso, nós não!"

A enfermeira tornara a aplicar as compressas. Já sem conseguir, procurava em vão acalmar o moribundo que agora se mexia empurrando os cotovelos, como se tomado por uma nova força.

"Padre Koskela! Não me deixe sozinho! Não quero morrer!", gritou o soldado e o berro ficou gravado no silêncio.

A prece do pastor soou diferente, limpa. Passou como um desinfetante no ar impregnado de morte. Com poucos gestos enxutos, o pastor realizou seu rito. Permaneceu alguns minutos ajoelhado ao lado do morto, murmurando um salmo antes de se afastar com o médico. Ouvi os passos deles desaparecerem no fundo do corredor. A enfermeira havia ido buscar água para recompor o cadáver. Fiquei sozinho ao lado do soldado. Colado à parede, olhava aturdido para aquele rosto suado. Fitei a boca contraída, os dedos enrijecidos que despontavam dentre os lençóis. Aquele homem tinha visto Koskela. Poucos instantes antes de morrer. Meu amigo Olof Koskela. Quem sabe ainda estava lá. Voltei meus olhos velados pelas lágrimas para a janela. No céu lodoso flutuavam estrelas mortiças. Imaginei o pastor caído no chão, olhos arregalados, voltados para aquelas mesmas estrelas que eu via se apagarem lá fora.

Nos registros da Igreja luterana finlandesa, que fui consultar nas dependências da Tuomiokirkko, o pastor Olof Koskela é dado como morto na zona de operações da Batalha de Kuuterselkä no dia 14 de junho de 1944. O lugar da sepultura é ignorado. Uma breve nota anexada à documentação resume o conteúdo do relatório militar em que são descritas as circunstâncias da morte do pastor e do achado do corpo, à margem da estrada que, bifurcando-se da rodovia de Kuuterselkä, leva à aldeia de Mustamaki. Provavelmente, a retirada às pressas das tropas finlandesas do istmo de Carélia impossibilitou o transporte dos despojos dos mortos para a retaguarda.

O que segue é a última carta de Ilma Koivisto, que o autor copiou em seu memorial. Para dizer a verdade, a senhorita me revelou ter escrito uma quarta carta, nunca enviada e que ela ainda conserva, oferecendo-a para que eu a lesse, se isso pudesse me ajudar na reconstrução dos acontecimentos. Não achei oportuno revolver mais a intimidade de uma mulher que já sofreu tanto. Prefiro deixar que as últimas palavras dirigidas por Ilma Koivisto ao homem que ela acreditava ser Sampo Karjalainen continuem a ser o segredo de quem as escreveu.

Viipuri, 19 de junho de 1944

Caro Sampo,

Não sei que sentido ainda pode ter eu escrever para você, mas não posso deixar de derramar estas palavras no seu silêncio. De resto, são palavras que é melhor a gente não levar dentro de si, porque a longo prazo apodrecem e infeccionam tudo a seu redor, como uma gangrena. Todos os dias esperei uma carta sua, todas as manhãs ao distribuírem o correio eu tinha a certeza de ouvir chamar o meu nome. Cheguei a pensar que houvesse acontecido alguma coisa com você, que você houvesse partido, morrido, desaparecido. Mas nesse caso minhas cartas teriam voltado. Sei portanto que você as leu e saber disso me faz sofrer ainda mais. Sua insensibilidade, porém, me soa falsa, construída. Como a guerra pessoal que você empreendeu contra os fantasmas da sua memória. Aqui, a guerra, a verdadeira, chegou para valer. O front fica a poucos quilômetros. Vemos passar os aviões alemães que vão bombardear as linhas russas. Viipuri está ameaçada. O vigésimo regimento está se posicionando para enfrentar o ataque iminente. Estamos nos desmobilizando. Amanhã iremos para um hospital de campanha do outro lado do rio Vuoksi.

É para lá que confluem todos os feridos deste setor do front. Em toda parte precisam de nós. Em toda parte há soldados com os membros dilacerados que ainda não sabem se viverão ou morrerão. Eles nos fitam perguntando isso com os olhos. Nunca vi tantos mortos juntos, tanta vida evaporar tão depressa dos corpos. É uma trágica ironia que, com todas as memórias abandonadas por seus legítimos proprietários, você não encontre uma que o satisfaça e teime em querer precisamente a sua. Nos dá um enorme trabalho abandonar o centro de pronto atendimento. O fruto do nosso trabalho de meses acabará destruído pelas bombas ou nas mãos dos russos. De resto, tudo o que se constrói durante uma guerra é feito para ser destruído. Talvez nossa amizade também. Por isso ela não podia trazer nada de bom. Mas é minha culpa, que pedi demais ao senhor. Esperei imediatamente do senhor aquele sopro de infinito que não se deve pedir às coisas humanas. Desventura e sorte ao mesmo tempo, nós não podemos perceber o infinito. Mesmo quando acreditamos suportar um sofrimento imenso, na realidade é uma coisinha de nada que estamos carregando. Deus mediu para todo ser a dor que lhe convém, na medida mínima e máxima. Tudo é suportável enquanto não morremos. Nada de nós dura fora de nós e, se certas dores sobrevivem a nós por algum tempo, é para termos certeza de que morremos plenamente. Aqui em Viipuri, as pessoas já foram evacuadas há muito. Logo depois da derrota de Kuuterselkä. Os russos arrasaram nossas defesas em todo o front. Ontem chegaram refugiados vindos até de Petroskoi. Um caminhão lotado de gente e de móveis. Procuravam abrigo em casa de parentes. Mas aqui não há mais ninguém. A cidade está vazia, povoada apenas por cachorros abandonados e cavalos loucos de medo. Caro Sampo, esta é a última carta que lhe escrevo. No fim desta página cada um de nós estará novamente livre para sofrer sozinho, cada um de nós poderá retomar posse da sua solidão. No fundo é essa a condição mais adequada ao homem. É a condição ideal para perseguir sem distrações a finalidade da nossa conservação, única e verdadeira tarefa que Deus nos confiou. Se um dia eu voltar a Helsinque, não vou procurá-lo. Não vou querer me lembrar nem, dessa vez, ter dó de você. Vou cancelá-lo também da árvore das belas recordações. Eu não lhe disse, mas minha árvore também é capaz de esquecer. Voltarei a vê-la sozinha, numa noite de fim de inverno como aquela em que a mostrei a você, e sua lembrança se dissolverá como a neve ao sopro do vento do mar. Esquecer: é a única defesa que nos resta. Nada que seja esquecido pode mais nos fazer mal. No entanto, você está aí descascando a consciência para extrair os fragmentos de uma memória. Eu esquecerei, me curarei dessa como de outras ilusões, mas você não. Você vai querer recordar tudo isso. E eu sei que conservará minhas cartas, que tornará a lê-las. Não pelo que elas contêm, mas porque elas também se tornarão preciosos fósseis de um seu passado reconstituído. Mas fique atento, porque mesmo passados muitos anos as palavras que você quis hoje ignorar ainda falarão. E então você não poderá se proteger do amargor, então todo o tempo de que você avidamente se apossou desfazendo a bordadura dos dias que a vida lhe oferecia se emaranhará em você. Porque ele não é coisa sua, é fruto de um roubo. Não é o tempo bordado com paciência em torno das pequenas coisas de cada dia, não é o tapete de palavras e silêncios, de olhares e momentos em que a memória lentamente nos envolve.

É hoje uma bela noite de verão. O sol deitado no mar ilumina os troncos das árvores, faz cintilar os grumos de resina nova sobre a sua casca, os recortes de água que se insinuam entre os bosques. Essa paisagem outrora teria me alegrado o coração. Eu teria corrido ao encontro da praia luminosa onde bate a onda deste nosso mar que para nos agradar se disfarça de lago. Mas hoje não há alegria nessa luz, e as compridas sombras que o sol lança nos prados parecem, todas, cruzes. A morte me rodeia, e também dentro de mim morre hoje alguma coisa: o afeto, a confiança que eu tinha em você. Agora que o lugar deles está vazio, me dou conta de quanto era grande. Como as crateras que as bombas abrem, se encherá de água e de lama. Mas o tempo nele fará crescer a relva e daqui a algumas primaveras as galinhas-d'água virão construir aí seu ninho. Está vendo, o tempo que você rouba eu deixo crescer próspero.

Adeus,
Ilma

A última carta de Ilma chegou ontem, junto com a notícia da queda de Viipuri. Essa também eu fui ler debaixo da árvore das belas recordações e agora está aqui com as outras, no bolso da minha japona. Mais uma vez, não entendi tudo. Mas as palavras duras, sim. Estava mal escrita, às pressas. Deu trabalho copiá-la. A letra redonda e regular a que eu estava acostumado cedeu lugar a uma caligrafia achatada e sem contornos. Nem sinal das margens bem alinhadas, com as sílabas separadas no ponto exato, mas palavras contorcidas e apertadas para caberem na linha, rasuras e espaços vazios. Nem as letras do meu nome no envelope pareciam escritas com a mesma mão. Lê-las foi como me ouvir ser chamado por um desconhecido. Mas agora não tem mais importância. Nada mais tem importância depois do que aconteceu hoje diante de Katajanokka.

4. O presságio do fim

Tinha razão Ilma quando dizia que tudo é suportável enquanto não morremos. A luta do homem contra a dor é uma guerra em que cada uma das duas partes tem um papel legítimo. O vencedor reconhece a dignidade do vencido, mesmo quando o condena à morte. Mas minha guerra era de outra natureza. Era uma guerra em que eu era o inimigo de mim mesmo. E hoje eu a perdi. Poupar-me não teria sentido. Nesse gênero de desafios não se fazem prisioneiros.

Há dias uma capa de calor insuportável sufoca a cidade. O ar está pesado, saturado de poeira e cheiros animais. O mar exala um odor acre de algas apodrecidas. Os barcos dos pescadores que atravessam o golfo para chegar ao mercado traçam na água esteiras compactas que têm dificuldade de se desfazer. Noite e dia se sucedem debaixo do mesmo céu marmóreo e indiferente, mais branco em consonância com o sol que se consome sem queimar e de noite fica bruxuleando como uma brasa enterrada nas cinzas. Nesse ar estagnado a cidade não se move. Mal treme ao passar dos bondes, como a cenografia extinta de um velho teatro.

As casas, os edifícios parecem prestes a se pulverizar. Como se uma imperceptível explosão subterrânea houvesse silenciosamente arrombado as gaiolas de ferro do seu concreto armado.

Esta noite um vento da terra trouxe ar frio e esta manhã nuvens com veios roxos se juntaram sobre a cidade fechando o horizonte de todos os lados. Para aproveitar a fresca, depois do meu turno na lavanderia, desci ao porto e caminhei até a ponta de Katajanokka. Na baía de Pohjoissatama havia grande movimento. Um trem corria ao longo da sua orla, onde estava atracado um grande navio mercante enferrujado. Perto de mim, um grupo de marinheiros sentados nas pedras observava os navios que passavam em frente ao cais e os penachos de fumaça daqueles ao longe. Uma canhoneira saía do porto, provavelmente rumo ao istmo. Vinha em nossa direção fendendo poderosamente o mar em duas alas de espuma. Negra na água negra, infundia medo. Desfraldava todas as suas bandeiras e dava para ver os marinheiros correrem atarefados no convés. Agora passava diante de nós, com toda a imponência das suas chapas rebitadas, eriçada de canhões, formigante de gritos. Dois silvos da sua sirene puseram em alerta todo o golfo. Um dos marinheiros nas pedras apontou um dedo para ela:

"É coisa alemã! Chegou de Danzig em 1943, *Walhalla*, se chamava. Nós a rebatizamos no estaleiro de *Suomenlinna*!"

Eu também observava o navio passar, a cruz azul estendida ao vento na popa, a fumaça que saía da chaminé e acrescentava outro cinza ao céu. Detrás da cidade subiam agora nuvens mais escuras, infladas de chuva. Os marinheiros se afastaram segurando o boné com a mão e desceram o flanco da colina. Acompanhei-os com o olhar enquanto viravam a rua. Mesmo depois de desaparecerem da minha vista, fragmentos das suas vozes continuaram chegando aos meus ouvidos, como se proviessem de outro mundo. Agora eu estava sozinho na ponta de Katajanokka e somente para mim o destino preparava seu espetáculo.

Fui assaltado por uma estranha agitação, quase um mal-estar. Como se a mente ainda não houvesse recebido a imagem colhida pelos olhos. Eu oferecia o rosto ao vento e continuava a olhar para o navio, mais por ele estar diante de mim que por autêntica curiosidade. Então, só então, na quilha alta como um muro eu li as grandes letras brancas, sulcadas pela ferrugem: "Sampo Karjalainen". Não sei descrever a sensação que tomou conta de mim. Mais que a perplexidade, a incredulidade, foi o medo que prevaleceu. Primeiro como um golpe, uma chicotada seca no cérebro nu, depois como um veneno que lentamente penetra no corpo e alcança todas as veias. Dei um grito. Mas outros mil não teriam sido suficientes. Um Deus cruel nos construiu de modo que, em nós, a dor nunca exploda de uma só vez, dilacerando-nos. Filtros da mente e do corpo intervêm para frear seu ímpeto, de forma que possamos assistir com plena consciência ao nosso sofrimento, tatear todas as nossas partes que agonizam impotentes e incapazes de morrer. Assim estava eu naquela manhã na ponta de Katajanokka, paralisado por aquela visão, a mente ofuscada por um turbilhão de pensamentos. Porque era assim, eu sentia que era assim. O nome que havia acreditado ser meu, agora já descorado na etiqueta da minha japona de marinheiro, não era senão o nome de um navio de guerra. Repensando nas palavras dos marinheiros, compreendi por que ninguém jamais tinha associado meu nome à canhoneira *Sampo Karjalainen*: fazia pouco tempo que ela pertencia à Marinha finlandesa. Ninguém a conhecia, e sabe-se lá em que águas havia operado até hoje. Quer dizer que minha japona pertencia a um dos marinheiros embarcados na canhoneira? Seria eu um deles? E como fora parar em Trieste? Ou eu tinha arranjado aquela japona de outro modo? Então quem era eu? E o bordado no lenço? O que significavam aquelas letras? Não era possível que também indicassem o nome da embarcação. De quem, de qual nome eram as iniciais? Aquela rajada de perguntas que não podiam encontrar resposta ceifou num instante todas as minhas certezas. A identidade que com tanto esforço eu tentara construir ruiu num segundo, soprada pela explosão daquelas letras brancas que se elevavam no mar como um grito, como um insulto, como uma brincadeira de mau gosto. A canhoneira *Sampo Karjalainen* navegava lentamente rumo ao mar alto, levando consigo meu nome. Trieste, o *Tübingen*, o dr. Friari, Stettin, o *Ostrobotnia*, Ilma, Koskela, tudo redemoinhava no caleidoscópio da minha mente, fazendo de cada imagem fragmentos irreconhecíveis. Eu não era Sampo Karjalainen, talvez não fosse nem mesmo finlandês, não era mais ninguém.

Paradoxalmente, aquela descoberta, que no fundo me aproximava da verdade, teve em vez disso o efeito de fragilizar totalmente minha vontade. Eu não tinha mais força para buscar, para me obstinar em não naufragar. Fora tomado por um irresistível desejo de ir a pique, de desaparecer nos recônditos contortos da minha mente. Não tinha mais sentido teimar em encontrar meu verdadeiro nome, meu verdadeiro passado. No fim, eu havia me tornado de verdade Sampo Karjalainen, mas não aquele que eu sonhava, com uma casa, um passado, uma família que o esperava. Eu era um homem inexistente, inventado pela etiqueta de uma japona de marinheiro, um gigantesco equívoco, um erro tornado vivo por uma cruel coincidência de acasos a mim desconhecida. Mais nenhuma dúvida me protegia da minha inelutável, trágica identidade. O que havia aprendido acreditando poder legitimamente reivindicar como meu talvez não tivesse nada a ver com a minha verdadeira história, com o meu verdadeiro nome. Meu passado autêntico, que até pouco tempo antes me parecia aflorar a cada dia pelas ruas de Helsinque e que eu sonhava ser capaz mais cedo ou mais tarde de aguentar, desaparecia agora tragado pela voragem daquela verdade inconteste. Porque agora eu sabia. Aquela era a verdade.

Corri para longe do mar, para as profundezas das ruas, onde me pus a vagar como um tresloucado. Parecia que toda a cidade estava lendo aquele nome que deslizava pelo golfo impresso na quilha da embarcação, que os jornalistas do hotel Kämp, as enfermeiras do hospital e até os feridos e os enfermos haviam saído até a beira-mar para ver melhor e agora se dirigiam ameaçadores a mim para me cobrar explicações. Agora a multidão negra me empurrava para o mar, de onde eu chegara naquela distante manhã de inverno. Para me repelir, para me expelir. Puniam-me por tê-los enganado. Não distinguia seus rostos, mas de vez em quando algum perfil, um pedaço de face, uma boca rangendo os dentes, uma perna esticada, um braço levantado. Alguém berrava, outros respondiam agitando o punho. Uma mão se chocava contra mim tentando jogar-me no chão, outra me pegava pelo pescoço gritando: "Quem é você?". Eu perambulava pela cidade sem a reconhecer, já sem distinguir o que eu imaginava do que eu via. Sobressaltava-me amedrontado a cada passante que vinha em minha direção, olhava ao meu redor temendo ser agredido. Vagava abestalhado, enveredando por ruas que nunca tinha visto. O sangue palpitava nas minhas têmporas, meus olhos pulsavam, minhas mãos tremiam. A angústia me invadia lentamente, me paralisava, obstruía qualquer pensamento. Começou a chover. Um rumor monótono, sem trovões nem raios, encobria qualquer outro barulho. A cidade respirava. Eu também dei um suspiro de alívio. As nuvens acima de mim levitavam e se enchiam, crescendo desmesuradamente. Um terremoto tranquilo sacudia os céus onde em tantos dias de calor havia crescido uma cidade enfeitiçada, espelho mau da verdadeira, feita de névoa e de nuvens. Eu caminhava pelas ruas sonhando que a canhoneira também fazia parte daquele duplo diabólico, que a chuva também a levava embora, e que as letras brancas do seu nome se desfaziam como uma miragem na distância do mar.

A água fria na pele, nos olhos, no rosto aplacou meu terror. Escorria gelada pelos membros. Lavava, curava as minhas chagas. Reconheci o Bulevardi, fui até a Esplanadi. Debaixo da chuva fustigante cheguei ao hospital.

Fiquei o dia todo aqui, sentado na cama do dormitório terminando de escrever estas páginas. Não fui à missa. Não fui ao refeitório. Não comi nem bebi. É tarde. A noite sem trevas caiu sobre a cidade. Minha decisão está tomada. Ao amanhecer partirei para o front com o primeiro comboio militar. Em todos estes meses acreditei ser alguém que não sou. Procurei entre esta gente a minha raça, a minha estirpe. Aprendi a língua em que acreditava ter chamado um dia minha mãe mas que talvez nunca tenha soado na minha boca. Nunca saberei em que língua minha mãe cantava para mim suas canções de ninar. Minha língua, a verdadeira, está perdida para sempre. Foi-se junto com a minha memória. Afundou no mar com o sangue que perdi naquela noite no cais de Trieste. Talvez minhas recordações derivem nos oceanos como manchas de óleo nas quais ninguém presta atenção, ou se quebrem nas ondas de uma praia, talvez sejam uma espuma que a areia absorve. Se esta manhã eu não tivesse descido ao porto, talvez nunca houvesse sabido a verdade. Ou talvez esse momento tivesse sido simplesmente adiado. Por quanto tempo, não se pode dizer. Talvez pudesse viver mais cinquenta anos sem encontrar a canhoneira *Sampo Karjalainen*. Um dia distante, velho e cansado, eu teria quem sabe podido aceitar a verdade como uma piada do destino. Toda uma vida vivida dentro de um nome errado o faz tornar-se correto, transforma o falso em verdadeiro. A dois passos da morte, teria rido na cara de quem viesse me dizer que não sou Sampo Karjalainen. Porém, mais provavelmente, o mal-estar constante que desde o dia em que despertei no *Tübingen* infestava minha consciência, com o passar do tempo, teria se agigantado, teria sufocado todo o meu impulso para a vida. Nunca me senti em casa neste país. Mesmo quando corria ao encontro das minhas jornadas com a confiança de encontrar meu passado, tinha com frequência a impressão de correr na direção errada. Os vagos vestígios de mim que em raros momentos voltavam à minha mente devastada conduziam para outra parte. Mas se confundiam, mal eu me punha a segui-los. Talvez eu nunca devesse ter aceitado a proposta do dr. Friari nem ter contrariado o destino que me levara a Trieste. Aquele era o meu caminho, e me afastei dele. Tive a presunção de escolher. Mas nada neste mundo se escolhe. Ou talvez meu destino fosse este mesmo: vir até aqui, aprender finlandês, me tornar um finlandês, mesmo que talvez nunca tenha sido. No fundo, hoje devo tudo a este país. Todo aquele pouco que consegui ser. Sem nem mesmo saber quem eu era, sem me pedir nada em troca, ele me deu um nome, uma língua. Na sua desgraça, aceitou compartilhar a minha. Bastou uma etiqueta costurada numa japona para ser acolhido por esta gente, para ser reconhecido como um deles. Bastou a carta de um médico desconhecido do Exército alemão para me dar direito a uma cama e a um prato quente. Porque me chamo Sampo Karjalainen, porque falo finlandês, ao amanhecer vou combater por este país e, se não pude ser um verdadeiro finlandês em vida, ao menos o serei na morte. Na cruz que plantarão no meu túmulo, o nome que carrego será finalmente o meu. Somente meu. Totalmente meu. Deixo minha história a você, leitor, para que faça dela uma recordação. Eu, que não restarei na memória de ninguém, eu, que em vida nunca existi, poderei assim morrer sonhando ser recordado.

O manuscrito de Sampo Karjalainen se interrompe aqui. O

caderno conta mais algumas páginas, nas quais são relacionados alguns números de telefone, alguns endereços e os nomes de diversas localidades da Carélia meridional. Dobrada no meio do caderno encontrei uma planta da cidade de Helsinque arrancada da lista telefônica e algumas passagens de bonde. Entre a última página e a capa estava comprimida uma folha, provavelmente de sorveira, que deixou uma marca verde no papel. Ilma Koivisto sustenta que se trata de uma folha da árvore das belas recordações. Na capa foram copiadas a nanquim as iniciais S. K., na mesma forma das letras bordadas no lenço encontrado com o manuscrito. No registro nº 37 895 do Ministério da Guerra, o soldado Sampo Karjalainen, alistado como voluntário no dia 24 de junho de 1944 e lotado na terceira divisão da guarda de fronteira, tombou na Batalha de Ihantala, mas não há notícia do local da sepultura. Talvez jaza pouco distante do seu único amigo, o pastor Olof Koskela, em alguma vala comum ao longo da estrada de Mustamaki. Talvez tenha morrido esmagado pelas lagartas dos tanques e do seu corpo não reste mais nada. Ninguém sabe que fim teve o autor deste manuscrito, o homem que eu quis que se chamasse Sampo Karjalainen. Hoje sei quem verdadeiramente era Sampo Karjalainen. Por isso vim a Helsinque procurá-lo. Para reparar meu desgraçado erro, para lhe restituir, se não a memória, ao menos sua verdadeira identidade e um lugar para onde regressar. Mas a guerra me levou para longe dele, me impediu de alcançá-lo a tempo. Só hoje pude cumprir minha missão, mas agora é tarde.

Epílogo

Enquanto ainda estávamos fundeados em Trieste, poucos dias depois da partida do comboio que levava Sampo Karjalainen rumo ao seu fim, o dr. Friedrich Reiner veio me encontrar pessoalmente a bordo do Tübingen. *Foi na noite antes de zarparmos para o Norte da África. Os marinheiros estavam realizando os últimos preparativos à luz das lanternas. Soprava um forte bora que fustigava uivante o navio. O céu outonal tinha se carregado de nuvens à luz vermelha do sol poente. Eu estava entocado no meu consultório quando o marinheiro de guarda me anunciou a chegada do doutor. Ele trouxe à sala uma lufada gélida como as revelações que vinha me fazer. Com um ar grave, abriu em cima da mesa um pacote amarrado com cadarço de sapato, enrolado num lenço de nariz com listas azuis e as iniciais S. K. bordadas na beirada. Continha uma plaqueta de identificação militar alemã trazendo gravado o nome de Stefan Klein, matrícula 97 840 028, uma carteira vazia, uma passagem das ferrovias italianas e um papel amarrotado, dobrado em quatro. Era um documento da Marinha de Guerra italiana que concedia uma licença-prêmio de quinze dias, a partir de 7 de setembro de 1943, ao soldado Massimiliano Brodar, nascido em Trieste em 6 de dezembro de 1916 e residente na Via San Nicolò, 10. Ante o meu olhar espantado, o dr. Reiner desabotoou o capote e começou a contar.*

Stefan Klein era agente do serviço secreto militar. Até agosto de 1943 tinha servido na Finlândia como instrutor militar da Marinha finlandesa. Depois do armistício italiano fora apressadamente transferido para a zona de operações da Costa Adriática, em Trieste, com a tarefa de se infiltrar nas forças italianas e fornecer informações para prevenir eventuais operações hostis de parte dos antigos aliados. Filho de mãe italiana, o agente Klein não tinha dificuldade para falar a língua. Isso era o que o dr. Reiner ficara sabendo pelo comando de zona. Tinha enviado imediatamente um telegrama a Klagenfurt, e bem naquela manhã uma patrulha do batalhão de segurança, inspecionando um setor do Carso à procura de guerrilheiros, encontrava o corpo de Stefan Klein, fuzilado com alguns soldados de Salò. Vestia um uniforme italiano de infantaria, e com ele haviam sido encontrados alguns objetos. Só a plaqueta de identificação havia possibilitado reconhecê-lo. Num primeiro momento, o dr. Reiner não lembrou onde já tinha visto um lenço assim. Aquelas iniciais lhe diziam alguma coisa. As informações do comando de zona lhe deram uma luz. Provavelmente o agente Klein, chegado a Trieste direto de Helsinque, agredira na estação ferroviária o soldado Brodar para arranjar um uniforme italiano e infiltrar-se assim mais facilmente nas forças inimigas, e vestira sua vítima com seus trajes para não levantar suspeitas, mas se esquecera de esvaziar completamente os bolsos da sua japona... Alguns dias depois, no entanto, Stefan Klein fora identificado pelos guerrilheiros e fuzilado. A licença de Massimiliano Brodar, conservada dentro do forro do blusão, provavelmente havia escapado da revista. O homem encontrado expirando no cais junto da estação ferroviária de Trieste, o homem que eu tratei e ajudei a recuperar o uso da palavra era, portanto, Massimiliano Brodar, e não era seu o nome na etiqueta da japona que ele vestia: era o da canhoneira finlandesa Sampo Karjalainen, *a velha* Walhalla, *alemã, na qual o agente Klein tinha servido como instrutor antes de ser enviado em missão à zona de operações da Costa Adriática.*

Essa é a verdadeira história do autor do manuscrito, do homem que por minha culpa acreditou se chamar Sampo Karjalainen. Era isso que eu ia lhe revelar, se o houvesse encontrado vivo.

Nos longos meses passados a bordo do Tübingen, *esperando que aquela terrível guerra terminasse, pensei com frequência naquele homem, procurei explicar a mim mesmo como pudera cair em semelhante equívoco. Foi certamente o insano apego que sinto por meu país que me induziu a ver nele um finlandês. E foi o meu amor-próprio que me convenceu a considerar aquela etiqueta como prova da sua identidade. Instintivamente fiz de tudo para salvar o desconhecido finlandês que a guerra jogava em meus braços. Mas na realidade era a minha salvação que eu perseguia. Como havia feito em Hamburgo, socorrendo um compatriota, acreditei mais uma vez redimir a culpa do meu pai. Foi essa a obsessão de toda a minha vida. A morte do meu pai, acusado de subversão comunista e injustamente assassinado, tornou-se para mim uma culpa a expiar. Tomei seu lugar na corte marcial que o condenou e durante todos estes anos me obstinei em pagar um erro que não era meu. Hoje me dou conta de que vivi disso, que passei minha vida a me redimir por ele, a buscar um perdão que nem eu nem meu pai devíamos pedir. Todo marinheiro que entrava no ambulatório da igreja finlandesa de Hamburgo era o carrasco de meu pai que, ardendo em febre, me pedia ajuda. Toda vez eu podia matá-lo ou salvá-lo. Salvava-o e sua gratidão era a minha absolvição. Mas uma não bastava: toda a Finlândia tinha de me absolver, todos os finlandeses tinham de passar pela cama de campanha do meu ambulatório, para que o perdão fosse completo. Se eu houvesse encontrado Massimiliano Brodar vivo, talvez tivesse conseguido me livrar desse passado. Restituir sua vida e seu nome teriam me libertado. Em vez disso continuo a expiar, e de uma culpa passo a outra, porque mesmo depois de todo esse tempo ainda me sinto um finlandês, e em criança um padre como Koskela me ensinou que a gente vive para se arrepender, para se punir por ter nascido. Essa pátria feroz, que matou meu pai, que me obrigou ao exílio e da qual não recebi nada além de culpas, ainda hoje eu busco e maldigo. Vimos à luz somente num lugar e só a ele pertencemos. O cosmopolita, que salta de uma identidade a outra como um acrobata no trapézio, mais cedo ou mais tarde acaba falhando numa pegada e aí despenca no chão, preso ele também à recordação de quatro casas atravessadas por uma estrada poeirenta. Mesmo quem a vida inteira pretende não ter pátria, quando se aproxima a hora da morte ouve o súbito chamado do lugar onde tudo começou, onde se sabe esperado. Lá, e somente lá, tudo permanece sempre inalterado, todo cheiro, toda cor, todo ruído em seu devido lugar. Voltando para lá, a recordação desaparece, zera. E com isso se extingue toda dor. Porque quando início e fim se tocam, quer dizer que não aconteceu nada. Era tudo um sonho dentro de outro sonho, e talvez disso seja feito o homem.*

Há poucas horas começou a nevar, mas a neve não basta para clarear este céu baixo e rugoso como o teto de uma caverna. O dia se apagou como um fogo molhado, e restos de luz fumacenta estagnam nas ruas. Nada mais me retém aqui em Helsinque. Esta noite pego o navio para Estocolmo, onde embarcarei de volta para Hamburgo. Antes de partir, pedi à srta. Koivisto que me acompanhasse ao dormitório onde morou Sampo Karjalainen. Queria ficar a sós ali por um instante, pensando.

Estou aqui, sentado na sua cama, a de número 6, vendo a neve cair lentamente no pátio. Reina um profundo silêncio. O re-

flexo de uma lanterna na neve projeta na parede a sombra tênue das janelas. Toca um sino, deve ser o da missa. Levanto-me e saio ao pátio. Sigo as sombras indistintas que se dirigem para a igrejinha de madeira. Os passos rangem na neve. Dentro, um cheiro bom de cera e de lenha queimando. Duas velas brilham no altar. Um soldado distribui os missais nos bancos, pendura na parede os números dourados do salmo do dia, abre o breviário no leitoril. Na luz fraca olho para ele, procuro seu rosto entre os lampejos das velas. Gostaria de me aproximar, gostaria de falar com ele. Mas não, saio de novo, caminho até o centro do pátio e fico no escuro ouvindo a neve cair.

ESTA OBRA FOI COMPOSTA PELO GRUPO DE CRIAÇÃO EM ELECTRA E
IMPRESSA PELA GRÁFICA BARTIRA EM OFSETE SOBRE PAPEL PÓLEN SOFT
DA SUZANO PAPEL E CELULOSE PARA A EDITORA SCHWARCZ
EM MARÇO DE 2014